David Rey Fernández

LA NOCHE GRITA

La noche grita

© David Rey Fernández

Todos los derechos reservados

Fotografía del autor: Ermitas Fernández Sueiras

ISBN: 9798460248391

Amazon Kindle Direct Publishing

1.ª edición, septiembre, 2021

2.ª edición, octubre, 2021

3.ª edición, febrero, 2022

A mi madre, que escuchó el grito.

I

Para cada hombre hay una patria de soledad y lluvia, la mía nace del ruido que producen las cosas al tocarse, porque todo sonido proviene de un enfrentamiento: el vaso contra la mesa, por ejemplo, los cubiertos contra la carne, hendiéndola, y la carne sobre el plato, o el goteo incesante del agua que se precipita desde el grifo abierto y que se golpea contra la superficie esmaltada de la ducha; y qué decir de la respiración del hombre contra el aire, del crujido constante de los pulmones expandiéndose y contrayéndose contra los tejidos del corazón y bajo el peso de la piel del pecho.

Dotado de un especial oído desde mi nacimiento, escucho cuanto sucede en la Tierra y cada sonido me confirma la violenta existencia del mundo. Cuántas noches habré pasado en vela y rezando ante un altar improvisado por mi propia mano, pidiéndole a Dios que posara sus manos sobre mis oídos, para no oír más: porque todo cuanto escucho es grito sobre grito y paso sobre paso, cuerpos contra la tierra que se caen y no vuelven.

<<Es más alto el sonido de un golpe que el de cualquier caricia>>, salgo a la calle y vuelvo a repetírmelo: <<Es más alto el sonido de un golpe que el de cualquier caricia>>.

Desde mi niñez he tratado de reprimir la producción de todo ruido, de reducir al mínimo el sonido que irremediablemente genera mi existencia. Si tardé un año y medio en que mis padres me vieran caminar por primera vez, no fue por incapacidad o pereza, sino por la desagradable sensación que me produjo oír a los seis meses el primer golpe de mis pies contra el suelo. Sé que es inusual guardar memoria de tan remotos recuerdos.

Es posible que hoy, siete de agosto, haya perdido la razón, que hoy, siete de agosto, haya perdido la razón al levantarme y que siga loco ahora, mientras el sol brilla sobre los campos de trigo amarillentos que veo desde mi ventana.

Escucho cómo crujen los tallos secos bajo el calor abrasador de la tarde que se incendia en el cielo. ¿Qué decir entonces? ¿Cómo explicar esto? Yo recuerdo, recuerdo exactamente, traigo registro exacto de cada sonido y de cada paso, desde los primeros meses de mi vida arrastro una memoria perfecta de todo este padecimiento que sobre mí se cierne. ¿Puede ser que acaso yo fuera un hombre normal y que al despertarme a las ocho de la mañana de este siete de agosto me haya levantado demente, en la cama de esta casa: demente, sin explicación alguna, en un instante, como quien chasquea los dedos, en una sola noche: toda la razón perdida, que me haya levantado loco y que ahora tenga un pasado falso en mi memoria y sonidos en la mente que no existen allá fuera, allá sobre los campos de trigo? ¿En una sola noche, así, de repente: alguien que pasa por la calle, bajo las farolas, bajo la luna, chasquea de repente los dedos y zas, o se quiebra la rama de un árbol a lo lejos y zas: la mente ardiendo y derrumbada, como una vieja casa de madera, ardiendo hasta los puntales? ¿Es posible? Yo me digo que no, que mi condena no es la pérdida de la razón a los cuarenta y tres años, sino una memoria y un sentido del oído incomparables que me acompañan desde mi nacimiento. Lo recuerdo, lo recuerdo todo y estoy escuchando ahora la Tierra incendiada de ruidos, como una ola de fuego en mi cabeza, la Tierra toda.

¡Qué poco tardé en comprender lo irremediable! ¿Cuándo fue? ¡Qué importa! No, ocurrió al año y medio —mi memoria, mi precisa memoria—. De nada servía no caminar, porque al gatear arrastraba mi cuerpo contra el parqué pulimentado del pasillo, y sonaba mi avance como dos palmas sudorosas friccionándose una contra la otra salvajemente, y aun permanecer inmóvil resultaba más inútil todavía, porque ahí estaba, ahí siempre mi corazón latiendo como un tambor tocado por un loco. ¿Qué hacer entonces? Adopté el disimulo como norma, aparentando en cada uno de mis actos y en cada una de mis palabras una normalidad anímica de la que naturalmente carecía. Así fueron pasando los años, pero ahora mi oído se ha afinado, se ha afinado hasta unos niveles indecibles y oigo la Tierra crepitar como una servilleta de papel ardiendo dentro de un vaso.

Es insoportable, imposible el descanso... me debato entre un estado de hipersensibilidad y siestas de media hora, de quince minutos, interrumpidas, inconstantes, alteradas de pronto por un paso lejano en el camino, por un vuelo de ave, o por el pañuelo contra el sudor de la frente de los pastores que llevan ganado al norte por la carretera situada a ochocientos metros de mi casa, allí, cerca del mar. El mar, el mar, todo el día golpeándome la vida.

Yo tengo que buscar otro lugar, otra casa, ¿dónde? ¿En la ciudad? De allí vengo ya, escapando, pero hasta aquí me llegan sus sonidos. ¡Hasta oigo cómo se agrieta el asfalto negro, bajo el vertiginoso giro de las gomas de las ruedas de los vehículos calentadas por el rodamiento y el sol de este agosto ardiente! Toco el sonido con mi vida, en mi vida el sonido es tacto, sobre la piel lo tengo vibrando y asolándome, hasta inundarme, hasta impedirme siquiera pronunciar mi nombre. Yo no hablo con nadie, cada palabra que sale de mi boca es un herida.

Yo no hablo, pero pienso y trato de moverme lo imprescindible... y el dinero se me va de las manos, se acaba... los últimos ahorros. Imposible trabajar así. Me molesta el sonido del flexo al encenderse...

II

A veces vienen niños de unos once años al campo de trigo a tirarse piedras. Al principio juegan a ver quién es capaz de lanzarlas más lejos y se ponen de espaldas a mi casa, con la camisa de manga corta abierta y agitada levemente por la brisa, o desnudos de cintura para arriba, y apuntan hacia el camino de tierra. Pese al desnivel, ninguno consigue franquearlo ni llegar hasta él.

Hay mucho silencio en esta fase del juego, miradas concentradas, entreabiertas ante el sol que les da de frente, alguna punta de lengua puesta en diagonal sobre el labio superior en actitud de cálculo de la distancia, de medición del peso de la piedra y de la fuerza precisa para impulsarla lo más lejos posible y entonces, los pies tomando fuerza del suelo, comprimiendo el aire que envuelve las raíces, girando bajo el peso del cuerpo, desplazando pequeñas hierbas agostadas, arrugando la piel de los tenis por su punta, tensando cordones de tela blanca, las rodillas doblándose, la rotación que se prepara en la cadera, el músculo dorsal derecho plegando hacia la izquierda la espalda de los diestros, los romboides como una masa de mar moviéndose entre los omóplatos, el escorzo del cuerpo imprimiéndose en el horizonte, el sonido del hombro al elevarse, el sudor cálido cayendo por la espalda lentamente y penetrando en la tela de la camisa abierta o secándose y sumándose en vapor al aire que envuelve el torso desnudo, la tensión de la fibras musculares de los trapecios al contraerse, una ligera y rápida inclinación del cuello y la extensión repentina y violenta del brazo, acompañada de los dedos de la mano que se abren liberando el guijarro contra el cielo. Cae el proyectil a lo lejos y salta algo de polvo y tierra. Vuelve el silencio, alguno se lamenta y da una patada a las espigas y otro se llena de tierra las uñas buscando una nueva piedra que lanzar a lo lejos.

Naturalmente el entretenimiento decae pronto, y a falta de algún gato al que poder apedrear, optan por arrojarse piedras los unos a los otros. Aquí es donde se revela el verdadero carácter de cada uno, puesto que mientras algunos apuntan al cuello y a la frente, otros, en cambio, se contentan con intentar acertar en las extremidades o en el pecho. Esto me causa un enorme desasosiego, porque es ahí donde comienza la diversión, las risas alocadas, las carreras en zigzag, los insultos, el sudor envolviéndose en la tierra en torno a cuerpos que giran sobre el suelo sin otro propósito que el de revolcarse, ensuciarse y dejar tras de sí espigas secas aplastadas. Ahí es donde se inicia la danza del ruido, la violencia en el pulso de las venas en torno a las sienes y sobre el cuello, entonces hay sonrisas, desaforados gritos, expresiones de celebración, resbalones, caídas, palmas de manos húmedas sobre la tierra. Muy a menudo acuden hasta aquí con el único propósito de herirse unos a otros, pues todos saben que, en realidad, el juego de a ver quién lanza más lejos no constituye sino un calentamiento, la preparación de los músculos y los tendones para golpear con más fuerza.

Hace tres días que no vienen, desde que a uno le abrieron la cabeza y cayó inconsciente entre las espigas. No puedo decir que lo lamente, ni tampoco que me haya sorprendido el hecho de que uno de ellos opinara entonces que era mejor dejarlo allí tirado sobre el suelo, que ya se levantaría y volvería por su propio pie al pueblo de las casas blancas. Naturalmente algunos secundaron en silencio esta propuesta que albergaba, cómo si no explicarla, el secreto deseo de averiguar qué sucedería si tal recuperación no llegara a tener lugar. Esto lo sospecho.

Cuando concluyen el juego, algunos hablan de ir a pescar al río que se hunde canalizado en el bosque situado a la espalda de mi casa, y el niño del pelo rojo ofrece siempre la escopeta de su padre para ir a reventar patos a la laguna que se llena con el agua del mar cuando sube la marea, allá abajo. Está guardada en el garaje, guardada en su funda de piel, colgada de la pared sobre la mesa de herramientas y todavía funciona, dice, y se mete las manos embadurnadas de tierra en los bolsillos y comienza a balancearse sobre sus pies, sonriendo y guiñando un ojo, hacia delante y hacia atrás, balanceándose, dos, tres veces. Entonces alguien le dice que carece de fuerza para sostener el arma, que el retroceso le dislocaría el hombro, y que es mejor tirarles migas de pan a los patos para que se acerquen y bombardearlos entonces con unos buenos guijarros. El niño del pelo rojo no se contenta y para demostrar que es capaz de apuntar y disparar el arma, busca una piedra entre el trigo y la dirige contra mi casa. Esto me tiene especialmente atemorizado. Nunca atina lo suficiente y la piedra siempre cae a unos pocos centímetros y rueda ligeramente colina abajo, hasta asentarse en la pendiente, pero queda allí su huella amenazante, asegurándome que no tardarán mucho en cansarse de tirar piedras al camino y comenzarán su calentamiento intentando reventar los cristales de mi casa. El niño del pelo rojo sospecha algo, por eso ahora ya no me asomo a la ventana para observarlos, y me quedo agachado bajo ella, escuchándolos, o me ovillo en la esquina de mi cuarto con las manos apoyadas en las rodillas. Pero sé que él sospecha algo, y que se queda un tiempo observando la casa, oteando; cuando todos se marchan, él permanece, curioso, con una mano encima de la frente para proteger los ojos de la luz que rebota desde mi ventana, así durante unos segundos, hasta que alguno le dice que se dé prisa, que van a comprar unos helados al pueblo, y él les responde que hay alguien ahí en la casa, vigilándolos y que ya es hora de darle una buena lección. <<Ahí no hay nadie, no seas estúpido, venga, vamos>>, sé que se aleja entonces, girando su cabeza una última vez hacia mi casa, y que camina apresurado, hasta sumarse al grupo que ya se dirige al pueblo a través del campo de trigo, apretando algunas espigas a su paso y tirando de ellas para arrancarlas y lanzarlas después al aire.

III

La noche también tiene su garganta. Es mentira el silencio de la noche en el campo, la quietud nocturna de los pequeños pueblos marineros, es mentira. Porque queda el mar golpeándome la vida, allá a lo lejos, quedan los grillos, el posarse de las garras del búho sobre las ramas, y los gatos: al acecho, oigo sus lenguas lentas deslizándose contra el pelo que recubre sus cuerpos. La noche tiene gargantas y es más poderosa que la tarde, porque no hay sino sonidos, todo oscuro, sólo sonidos en el silencio de los ojos, sonidos poblándose de sombras y de cuerpos. Y el flexo, el flexo encendido en mi cuarto, ese tintineo insoportable, el clic que emite al encenderse, como un hueso que estalla donde se encuentran dos articulaciones... y lo he intentado, de todas las maneras y formas posibles lo he intentado. He quitado todas las bombillas de la casa, todas, pero frente al sonido de la incandescencia de los filamentos de las bombillas se alza con más fuerza, más poderoso y penetrante aun, el rugido de la cerilla recién encendida para prender una vela, una simple vela que supla las bombillas. Hacen falta veinte o treinta, por toda la casa, harían falta veinte o treinta velas y ni una puedo encender sin estremecerme. Tampoco sirven los mecheros y la cera cae, y cae desde la vela ardiendo. He vuelto por eso a las bombillas, usar las lámparas lo imprescindible, soportar,

soportar. El flexo no es necesario, así que no lo encenderé más.

IV

Hoy ha vuelto otra vez el niño del pelo rojo, lo he visto, desde la ventana de mi cuarto, avanzando a través del campo de espigas con gran esfuerzo, arrastrando tras de sí un carro metálico cargado con maderas y otros objetos que no logré apreciar. Iba tirando de él mediante un mango de hierro, el carro era rojo por los lados, rectangular, del tamaño de la mitad del cuerpo del niño, más o menos. No tuve otro impulso que el de esconderme en la esquina del cuarto, junto a la cama. Creo que no me vio porque iba mirando al suelo mientras avanzaba, como tratando de sacar fuerzas de la tierra. Las ruedas del carro chirriaban e iban aplastando espigas y luego hierbas de la colina verde. Se detuvo a unos pocos metros de mi casa. Podía oír su respiración agitada y el recorrido que su mano hacía sobre su frente para secarse el sudor; estaría situado tal vez a cuatro o cinco metros. Escuché cómo sacaba algo del carro y luego lo colocaba bajo las ruedas traseras, seguramente se trataría de unas cuñas de madera para frenarlo y evitar así que se le fuera rodando por la pendiente. Entonces extrajo algo del bolsillo izquierdo de su pantalón, tenía que ser un paquete de cigarrillos porque, acto seguido, escuché el sonido de una cerilla en el aire, incendiándose, y el chisporroteo de unos hilos de tabaco. Probablemente se lo haya cogido a su padre, o a su madre, o... <<Eh, tú,

chalado>>, escuché. <<Eh, tú, sé que estás ahí, chalado>>, era una voz aguda que trataba de elevarse hacia mi casa. Comenzó a reírse y a toser, a reírse para que lo oyera y después sólo para sí mismo. <<Voy a hacer que salgas de tu madriguera, chalado>>, <<vaya que sí>>, esto último lo dijo para sí mismo, para infundirse fuerzas, valor, o tal vez, para centrarse bien en lo que estaba haciendo, para no perderse ningún detalle. Sacó más cosas del carro, las fue descargando y, a continuación, escuché que algo prendía a los pies de mi casa de madera de dos pisos. Era una hoguera. Poco a poco el humo fue apareciendo delante de la ventana, danzando. Era un humo negro, espeso, con ciertas tonalidades grises y verdes, apenas perceptibles; eso, en cierta medida, me tranquilizó por unos segundos, porque quería decir que la madera estaba húmeda y, probablemente, la hoguera no tardaría mucho en apagarse; pero entonces volvió a echar algo más al fuego y el humo se afirmó, se volvió más claro, más firme, más voraz en su baile. Me abrumaba el sonido del chisporroteo de la llamas, los estallidos de la leña, y había pavesas que salían lanzadas desde el fuego y flotaban luego en el aire, llenándolo de diminutas estrellas rojas, diminutos puntos incandescentes y rojos frente a mi ventana. Pensé en bajar por las escaleras a la planta baja y después salir a fuera, pese a lo doloroso que esto sería para mí, pero me reservé esta opción como el último recurso, sólo para el caso de que el fuego se extendiera a la casa y prendiera en sus paredes.

Parecía que no terminaba por decidirse entre avivar el fuego o dejarlo estar, tal vez porque entonces la magia del juego se rompería y sabría demasiado pronto si, efectivamente, había o no había alguien dentro de la casa, quizá sólo porque se quedó corto en sus cálculos. Poco a poco fue perdiendo convicción, el fuego decaía y la presencia del humo ya no era constante frente a la ventana. De cuando en cuando repetía: <<¿No vas a salir, chalado?>>, pero cada vez su llamada se distanciaba más en el tiempo y, al final, la hoguera y su voz se apagaron juntas.

No le quedaban más cigarrillos o quizá su garganta estaba irritada por el humo, lo cierto es que no fumó más. La ropa le debía de oler a brasas y tal vez fue esta, en realidad, la única razón por la que se detuvo en su empeño de quemar la casa.

Se tumbó en la hierba y estuvo unas horas allí tendido, esperando a que se le fuera el olor de la camiseta y de los pantalones.

Debió de quedarse dormido, porque se agitó de repente sobresaltado, como si le sorprendiera su presencia en aquel lugar. Se incorporó y se quedó sentado en el mismo punto. Alternativamente se olió las axilas y el cuello de la camiseta. Empezó a encender cerillas y a lanzarlas al aire, para ver cómo se consumían o para averiguar si podía quemar algo más. Luego se levantó, hizo una bola con la caja de cerillas y la lanzó lo más lejos que pudo; cogió un objeto del carro, debía de tratarse de una botella de plástico vacía, porque la escuché contraerse entre sus dedos, con ese sonido tan característico. Comenzó a caminar, por aquí y por allá, rodeando la casa, con la botella en la mano, volviendo a bajar un poco por la colina, con la mirada puesta en el suelo todo el rato.

De repente, se detuvo, parecía que había encontrado lo que estaba buscando. Escuché cómo se agachaba, la redistribución de su peso sobre las raíces; asentó las rodillas en la hierba de la colina y afirmó las palmas de las manos.

Con un dedo hurgó en la tierra, para asegurarse. Se irguió de un salto, se bajó la cremallera del pantalón y comenzó a orinar allí mismo. Comprendí entonces lo que estaba haciendo, quería cazar grillos y sabía que el orín los haría salir despavoridos de su madriguera. Algo pequeño como un diminuto terrón de tierra o una piedrecita, cayó dentro de la botella de plástico; se limpió la mano contra el pantalón y con la otra taponó la botella y la agitó delante de sus ojos. Lo había conseguido. Se aproximó corriendo al carro de metal y la dejó caer allí dentro.

Escuché cómo su cuello se estiraba. Trataba, tal vez, de averiguar la hora; observó la tarde, un cielo ancho y diáfano, despejado de nubes.

Repentinamente comenzó a correr, convirtiendo su avance en saltos inconstantes y proyectados hacia adelante, como hacen los niños cuando piensan que los adultos los están observando, así, zarandeando las manos hacia adelante y hacia atrás, doblando mucho las rodillas, como si estuviera a punto de perder el control sobre su cuerpo, como si esta fuera la única manera de la que disponía para permanecer sobre los dos pies, así, jugando a representar la inocencia que se esperaba de él. Subió hasta la cima de la colina, rodeó mi casa y llamó a la puerta. Apoyó la oreja derecha sobre ella, se rió, para que yo lo oyera y también para sí mismo. <<¡Hasta luego, chalado!>>, dijo, y se marchó corriendo colina abajo, hacia el camino de tierra, arrancando al pasar, por el campo de las espigas, algunas de ellas, para lanzarlas después al aire. Dejó abandonado, allí, delante de mi casa, el carro de metal con el grillo dentro de la botella.

V

Ya ha pasado por suerte la mañana, el rocío secándose en las hojas. Detesto la mañana igual que detesto la noche. Escucho a otros sacudiendo sus alfombras en las ventanas, tendiendo las sábanas y la ropa. Ya no puedo tumbarme en la cama y esperar a que el sueño venga. No soporto el sonido de mi cuerpo entre las mantas, no soporto cómo se queja el colchón baja mi peso, a cada movimiento. No soporto el ruido que hace mi barba al rozarse contra la almohada. ¿Cuántos días hará que no me afeito? Siete, siete exactamente —mi memoria, mi precisa memoria—. No puedo afeitarme. La cuchilla contra la piel, rasgando, como un arado de hierro atravesando la tierra seca, la cuchilla como un arado rasgándome la cara, la barbilla, el mentón, las mejillas... No lo soporto.

Odio la mañana igual que odio la noche. Oigo los camiones de reparto atravesando la carretera cercada por pequeñas casas blancas de dos pisos... todo ese ruido, los cláxones. El sonido es violencia, es invasión, y todo tiene sonido, porque todo lo que existe se combate.

Temo la noche y temo la mañana. El amanecer me hace encogerme en una esquina del cuarto en donde ya no duermo sino apenas unos minutos cada día. Me ovillo en la esquina, junto a la puerta, lo más alejado que puedo de la ventana y contengo la respiración. Trato de disminuirla al mínimo necesario para seguir viviendo, porque siento que si un sonido más se sumara al bullicio del amanecer, me rompería, me trizaría como un vaso vacío contra el suelo.

Sé que si una mosca entrara en mi cuarto, yo estallaría; y el amanecer me hace clavarme las manos contra las rodillas y ovillarme en una esquina del cuarto. Ya no puedo cortarme las uñas.

Temo los pasos de las gentes camino de la lonja del puerto, los pasos cuesta abajo, hacia la lonja situada a ochocientos metros de esta casa de madera de dos pisos en donde ahora vivo. Temo las risas y las palabras, las conversaciones breves antes del inicio de otra jornada que comienza, me taladran, me invaden. Temo los estornudos, las pisadas que apagan con meticulosidad cigarrillos, restregándolos contra un asfalto que a las tres de la tarde temblará, llameante, y que ahora está frío como la espalda de una serpiente. Temo los escupitajos ocasionalmente lanzados al suelo, esos sonidos de saliva en grava. Temo las manos refregadas contra la ropa para mitigar el frío del amanecer frente al mar y la voz que dice: <<ahora hiela pero por la tarde estaremos asados como pollos en el horno>>, y el chasquido lento del cuello que se inclina asintiendo, la piel del cuello estirándose al bajar la cabeza. Temo el bullicio de la lonja, las voces de los vendedores haciendo su oferta, los dedos impregnados de escamas y tripas frotándose contra los pliegues de los delantales blancos, arriba y abajo, uno a uno, frotándose.

Me espanta el sonido de las básculas atestadas de peces muertos, y el caer de las anclas de los barcos en el mar, la penetración brusca de las cadenas de hierro en el agua, los moluscos entre los eslabones. Temo las ondulaciones tenues del océano en torno a las quillas y a las hélices asediadas de salitre y algas. Temo el sonido de las bocinas de los pesqueros anunciando el amarre o la partida, la carga de las cañas, de las redes, de las trampas metálicas en las pequeñas barcas. Temo el bostezo de los estibadores, los cuerpos oxidados de las grúas desplegándose, el sonido de las columnas vertebrales de los hombres, sus músculos dorsales contraídos al reventar los bloques de hielo a martillazos.

Me encojo en mi cuarto y asisto a la descarga de sardinas sobre los muelles polvorientos, oigo la avalancha de los peces sobre la piedra y el zumbido de las alas de las moscas que se enfrentan por el alimento. Temo la acumulación de las gaviotas sobre el puerto y los graznidos salvajes que señalan su llegada.

¿Y qué puedo hacer? ¿Cómo esconderme del sonido humano? ¿Cómo esconderme del enorme bramido del mundo al despertarse? Se abren las flores al amanecer allá en los campos, oigo el estiramiento de los perros y el chirrío de los goznes de las puertas de las cancelas y de las verjas que tras ellos se cierran. Siento sobre mí la mano del repartidor de pan, tras haber escuchado previamente los dedos del panadero hundidos en la harina cuando aún el sol estaba muerto, amansando, amansando, amansando. Siento sobre mí la mano del repartidor de pan y del repartidor de periódicos, el fogonazo de los televisores que se encienden en las casas, los pasos de las mujeres buscando sus zapatos apresuradamente y los tacones contra el suelo de los pisos después. Me inquieta el sonido de la ropa que desciende de las perchas de plástico o metálicas, y ya empiezan las voces a través de las radios a hinchar la mañana de susurros, como una plancha de metal golpeando el aire. Oigo el comienzo de las pequeñas obras, la tierra ahogándose bajo el cemento fresco, la ebullición del café y las arterias golpeando ante su avance por la sangre y entre los dientes. Todo cuanto existe me combate.

Se abren las flores y los estambres se despliegan brutalmente como muelles o resortes de alambres, salta el polen al aire y el rocío se desvanece, junta el polen su sombra al cuerpo de la neblina que desciende hacia el mar, como un gigante de jadeo y gritos. La neblina, oigo la neblina penetrando en los cuerpos de los hombres, ya la oigo, siento los huesos de los ancianos estremecerse, ya los siento; la neblina que baja desde la colina verde donde mi casa de madera se levanta. Aguardo temeroso la expansión de las raíces bajo la tierra, asciende en mí el miedo como una ola que no halla lugar donde romperse. En la esquina del cuarto en donde aguardo un sueño que jamás se me concede sino a intermitencias, en la esquina con las uñas clavadas en las rodillas asisto al resurgir del mundo que cada día se destruye, que cada día se destruye y que cada día vuelve a construirse, como una enorme boca devorándose a sí misma. Y mi respiración aquí en el pecho, y mi respiración aquí en el vientre. Temo el sonido de mis pestañas trenzándose y chocando, y aguardo, aguardo, ¿qué? Temo la mañana como temo la noche. Oigo ascender el sonido de las cerdas de los cepillos contra miles de dientes, siento la fricción aquí en mis venas, como si un serrador estuviera trabajándome desde dentro el pecho... y la pasta reptando hacia el exterior por los tubos de los dentífricos, siempre la pasta, como un río de gusanos blancos.

VI

—Ahí está, ¿veis?, y vosotros que no me creíais —dice el niño del pelo rojo señalando el carro situado a los pies de mi casa.

—Sí, sí, es verdad.

Yo los observo agachado bajo la ventana, asomando sólo los ojos por encima del alféizar para que no me vean.

—¿Y cómo se lo mangaste al viejo?

—Aproveché que se estaba bañando en la playa, cosa fácil —dice el niño del pelo rojo.

—¿Y el perro?

—También estaba en el agua.

—Qué guarro el viejo loco.

—Sí.

—Jajaja.

—La gente no le decía nada, salvo la vieja Gusano, que estuvo mucho rato mirando para él y luego se acercó a la orilla y levantó el bastón y le gritó, ¡es un usted un asqueroso!, ¡ahí no se puede bañar el perro!

—Jajaja.

—Y el viejo loco hacía como que no oía, entonces la gente se empezó a arremolinar en la orilla para ver qué pasaba y ahí aproveché yo para mangarle el carro.

—Bien jugado.

El niño del pelo rojo sonríe.

—¿Y la del bastón era doña Gusano? —pregunta divertido el niño de gafas.

—¡Sí!

—Jajaja.

—Va andando siempre así —dice uno, y comienza a caminar arrastrando los pies muy lentamente.

—Esa se desliza como un gusano.

—Sí, va a cámara lenta.

—Jajaja.

—Ay, ay, mi espalda, ay, ay, mis pies, ay, ay, mis piernas.

—Jajaja.

—Esa es más vieja que las piedras.

—Jajaja.

—Después vine aquí y me fumé un pitillo.

—¡Un pitillo!

—Sí. Es una costumbre que tengo —dice el niño del pelo rojo cruzando los brazos—, por las tardes siempre cae uno.

—¿Y no tienes ahí?

—Sí, ¿no tienes?

—No, no traje; me cuesta mangarle los cigarros a mi padre sin que se dé cuenta, así que tengo que administrarlos. Además, el estanquero no me los quiere vender, el muy burro... pero el otro día le birlé un mechero para vengarme.

—El estanquero tiene una joroba que parece un callo, todo él.

—Sí, Jajaja. Un callo.

—Ese es más viejo que las pulgas.

—Jajaja.

—Entré en el estanco y le dije, ya lo llevaba todo planeado, no vayáis a pensar, eh, le dije: quiero unos sobres; y como el tonto los guarda en la trastienda, pues fue allí a buscarlos y entonces le mangué el mechero. Es este que tengo aquí —dice el niño del pelo rojo sacando un mechero del bolsillo.

—A ver, a ver.

La luz cae contra el mechero y lo hace vibrar.

—Déjame

—Sí, mira, mira cómo brilla —un niño lo mueve en su mano, escucho cómo se aprieta el metal contra su piel.

—Sí, mola.

—Debe de ser caro.

—Dame, dame.

—Parece plata.

—No creo.

—Trae —dice el niño del pelo rojo, y se lo quita de la mano al de gafas—. Después hice un fuego aquí para que saliera el chalado.

—Ahí no vive nadie —dice uno señalando hacia mi casa.

Me aparto rápidamente de la ventana.

—Sí que vive —dice el niño del pelo rojo. Oigo cómo se agacha y coge una piedra del suelo. Sus uñas se hunden entre las hierbas y el polvo. Se endereza—. Lo que pasa es que hay que hacerlo salir de su madriguera.

Oigo cómo camina alejándose unos metros de mi casa.

—¿Qué vas a hacer?

El peso de su cuerpo sobre la tierra. La contracción de los músculos de la espalda replegando el brazo.

Un estruendo... un estruendo terrible... El primer golpe. Un latigazo contra la casa.

—Vamos, chicos, ¡hay que hacerlo salir de su madriguera!, ¡vamos!

—¡Sí, vamos!

La marea de dedos buscando piedras entre la hierba. Me arrastro hasta el baúl y me meto dentro...

—¡Vamos, vamos!

Está oscuro, apenas puedo respirar, la casa tiembla golpeada, tiembla el aire... las piedras, las piedras. La lluvia de piedras contra la casa....

—¡Casi me cargo la ventana!

Salgo del baúl, el baúl no sirve, me ahogo, abro la tapa y saco la cabeza, chirrían los goznes, los pulmones, el aire entrando y saliendo.

—Jajaja. ¡Vámonos, vámonos, corred!

—Jajaja.

Los niños se alejan corriendo colina abajo. Ríen, uno tropieza se levanta y vuelve a correr. Ríen, ríen, no paran de reír.

VII

Sé que la reencarnación existe porque traigo sonidos de otro lugar y tiempo en mi cabeza, leves ecos fugaces en mi memoria que emergen con la celeridad de la luz y que se desvanecen como una imagen trazada sobre el agua. No soy dueño de estos deslumbramientos, se me conceden de cuando en cuando, y cuando así sucede, soy como el viajero que desorientado y perdido en medio de la noche, enciende una última cerilla, mientras respira agitadamente entre la pesada humedad de las hojas del bosque, y la sostiene, protegiendo la llama bajo la palma encallecida de su otra mano, pudiendo ver entonces la lluvia correr salvajemente por los troncos y una cueva a lo lejos en la que guarecerse de la tempestad y de la noche; una cueva en la que jamás consigue entrar, porque antes de que dé el primer paso sobre el barro, siente cómo el fuego del fósforo penetra en las yemas de sus dedos y se apaga contra ellas, dejándolo allí, indefenso y solo, con los ojos inútilmente abiertos bajo la lluvia, en medio de la oscuridad de los árboles que crujen bajo el peso del agua y las manos del viento, allí solo, esperando un amanecer en cuya llegada no confía demasiado, y con los dedos quemados y enrojecidos, huérfanos de luz en la intensa humedad del aire, los dedos por los que baja la lluvia y cae, gota a gota, sobre los charcos que pueblan su camino.

¿Quién soy? ¿Quién fui, y desde cuándo existo? Estos sonidos vienen de dentro, no de fuera, esto lo sé, pero son como sombras proyectadas sobre una pared, que apenas si me permiten precisar los objetos que las arrojan.

Sé también que todo hombre nace de noche y que tiene buscar la luz del día, pero: ¿alguna vez amanece? Yo soy el viajero con la cerilla apagada en la mano en medio de la noche.

Hace cuarenta y tres años que escuché el sonido de los huesos de mi madre dilatándose. La luz no acudió a recibirme porque nací con los párpados hinchados y no pude ver hasta que una voz me susurró al oído "Odiseo", la voz de mi madre poblada antes de gritos. El rugido del mundo retornó a mí entonces, como un rayo golpeándome en la frente, y luego otra vez "Odiseo", un susurro similar a la brisa entre las hojas de los árboles: "Odiseo"...

—Ha nacido ciego y sordo y ahora ve y parece que nos oye... Es un milagro.

—Odiseo...

Yo movía locamente los ojos tratando de enfocar la luz que se filtraba a través de las ventanas del cuarto aún sin cortinas y encontré en el espejo la imagen de mi abuela persignándose, "es un milagro", decía y un ave pasaba junto a las ventanas y mi madre se secaba las lágrimas y repetía "Odiseo". Mientras me sostenía en su regazo, un estruendo me golpeó en la frente y ante mí comenzaron a palpitar los muebles de aquel cuarto.

Pero antes de que naciera, ya tenía en mi mente sonidos de rostros contra el aire, ruedas de carros, chirriando y girando vertiginosamente sobre el agua de los charcos. Antes de que naciera, había asistido al rumor de las multitudes, al estallido del vuelo de las palomas en las plazas, al eco de los pasos sobre el suelo gris de las grandes ciudades decimonónicas y a la primera ola de luz de los alumbrados nocturnos; antes de que naciera conocía el sonido del primer teléfono y el del primer ferrocarril. Eran tantos los sonidos que yo traía dentro, mi cabeza era como una caja de música que no dejaba de sonar. Pero junto a estas vibraciones sonoras, había otras que me venían de fuera: la respiración de los troncos, una voz que luego supe que era la de mi madre, el agua bajando por su garganta como una mano líquida y serena, derramándose.

Como un dios cantando entre campanas vine al mundo. Los sonidos se desplegaban, se poblaban y trenzaban, se fundían y se plegaban sobre sí mismos, yo era una canción entre los huesos de mi madre. Entonces todo cesó de golpe, los ríos de las venas enmudecieron, enmudecieron los pasos en mi mente, enmudeció la luz y no veía, no oía, hasta que escuche mi nombre: "Odiseo", un susurro entre las hojas: "Odiseo", y la existencia volvió a recoger sus instrumentos para seguir tocando. Pero ya no era igual, la canción había cambiado: mi vida consiste en volver a escuchar aquella música. Porque entonces, cuando abrí los ojos, todo fue temblor contra los muebles, todo fue confuso y separado, todo fue disonancia y todo fue combate. El sonido de mi corazón se enfrentaba al sonido de la luz en el aire. Todo era rumor de frente contra frente.

Sin embargo, se me concedió entonces un privilegio del que ahora carezco: así como el hombre que vive junto al mar escucha permanentemente el sonido de las olas, y puede, al mismo tiempo, desarrollar una vida normal, ajena al murmullo constante del oleaje; así podía yo recibir la desafinada voz del mundo y, al mismo tiempo, dar rienda suelta al flujo de mi existencia. Era como si a alguien le hubieran colocado dos lupas encima de los ojos y aún dispusiera de otros dos ojos para poder seguir viendo con precisión. Naturalmente esto distaba mucho de lo que viene entendiéndose como normalidad, pero, en cualquier caso, me permitía, al menos externamente, vivir como todos los hombres. Bien es verdad que, de cuando en cuando, emergía la ola del mundo y todo lo asolaba, y yo me convertía entonces en un templo en el que un loco entra y comienza a serrar los bancos. A veces también me abrumaba el sonido de las cosas más próximas: el vaso contra la mesa, por ejemplo, o los cubiertos contra la carne, hendiéndola, y la carne sobre el plato; incluso el sonido de mi propia existencia me golpeaba a veces. Pero todo ha ido empeorando. Todo se ha podrido y se derrumba; a veces me siento como si Dios estuviera operando sobre mi cabeza. Ahora todo se ha podrido. Sólo quedan los puntales contra las que sopla el viento. Y, sin embargo, algún deslumbramiento me impulsa a seguir, a soportar, a aguardar y aguardar, pero ¿a qué? y por qué. De vez en cuando surge el recuerdo de otra vida que me asegura que hay un sentido y un camino, pero un camino hacia dónde, un sentido, pero, ¿hacia dónde? Sé también que todo hombre nace de noche y que tiene que buscar la luz del día, pero: ¿alguna vez amanece?, ¿para quién? Yo soy el viajero con la cerilla apagada en la mano en medio de la noche. Y sin embargo, sí, a veces, sí, llega a mí una palabra amable, una caricia a lo lejos que alguien le da a alguien, a veces oigo crecer la hierba entre el hormigón y mi espíritu se aquieta y calma, pero eso sucede tan pocas veces, ¿y no será más que un engaño?, ¿un truco de prestidigitador?, ¿el cebo en el anzuelo que dice: "sigue, sigue caminando hasta el barranco"?

Yo leía, leía mucho antes, ahora ya no puedo leer, tengo toda esta habitación llena de libros y ya no puedo leer, porque cada vez que paso una hoja es como si un tronco se resquebrajara en mis manos, ese sonido, no lo soporto, no puedo ni sostener el vértice de un página para poder pasarla. Pero yo antes leía mucho, y buscaba un sentido y un camino, y algunos decían "por allá" y otros "por allí" y otros "no vaya usted a ningún lado porque nada importa y estar parado o en movimiento es lo mismo". No sé, a veces me digo "toda la vida consiste en resistir" y me quedo mirando las estrellas desde mi ventana y las siento girar allá arriba, como pesadas piedras de molino moliendo en el cielo.

VIII

Los ladridos de su perro lo preceden siempre. El viejo emerge de entre la espesa maleza del bosque y el sol de la tarde cae a plomo sobre su rostro surcado de arrugas. Con sus manos encallecidas se coloca mejor el saco de tela que le cubre más de la mitad de la espalda, hasta las nalgas. Lleva un pantalón negro, descolorido por el salitre y el sol, y sus bajos se aprecian raídos antes de introducirse en las pesadas botas marrones que calza, recubiertas de polvo.

El perro corre colina abajo, hacia el gran campo de trigo amarillento, feliz, ladrándole al aire que sube caliente de la tierra, y el viejo otea el horizonte, en cuyo término, más allá del pueblo de las casas blancas, el mar retumba bajo la tarde.

—Una... dos... —el viejo cuenta señalando al cielo con el dedo— ¡Tres!, ¡sólo tres nubes, Chico! —le grita al perro que se adentra ya entre las espigas, sin hacerle caso —. Hoy va a ser un buen día, sí, va a haber mucha gente en la calle, sí, ¡y en la plaza!, ¡y en la playa, claro! —dice, dándose un palmada en la frente—. Y qué señoras más guapas hay en la playa, ¿verdad, Chico? Claro que sí. Yo me quito la gorra y les digo: Señoras, ji ji ji —ríe, inocentemente, y se lleva dos dedos manchados de tabaco a la gorra gris. Las espigas se agitan al paso del perro que corretea oculto entre ellas, husmeando por aquí y por allá.

El viejo se coloca las manos en los riñones y luego se estira hacia atrás y bosteza ampliamente, dejando ver una dentadura amarillenta a la que le faltan varios dientes. Sus tendones y músculos agarrotados se estiran y chirrían.

—Bueno, bueno. Vaya siesta que hemos echado.

Posa en el suelo el saco repleto de cosas, y comienza a hacer una serie de movimientos gimnásticos con los brazos, rotándolos en círculos, hacia delante, hacia atrás y luego hacia los lados. El vello cano de sus antebrazos se agita en el aire bajo el empuje continuo de los giros, lleva una camisa de leñador remangada hasta los codos. Se detiene y realiza unas respiraciones profundas, inhalando y exhalando el pesado aire cálido de la tarde. Después se dobla sobre sí mismo, tratando de tocarse los pies con la punta de los dedos. No lo consigue.

—Vaya —dice. Vuelve a erguirse, se desabrocha el cinturón, lo intenta de nuevo y lo logra. Mientras permanece doblado, se aprecian dos surcos de sudor en sus axilas y su estómago se aprieta contra los botones de la camisa.

Se endereza y da una palmada.

—Sí, todavía en forma —comenta, sonriendo, y vuelve a abrocharse el cinturón.

Recoge el saco tirado sobre la hierba, y se lo lleva a la espalda, colocando el asa sobre el hombro derecho, haciendo contrapeso con el cuerpo, doblándose un poco lateralmente hacia el suelo y acompañando el movimiento de un: <<Uuuu, ya está>>. Se quita el palillo sujeto en la comisura izquierda de la boca y grita hacia las espigas:

—¡Chico, en vez de buscar ratoncitos tendrías que ayudarme a encontrar el carro!... Éste no tiene remedio —murmura para sí. Se lleva dos dedos a la boca y emite un fuerte silbido que se expande más allá del campo de trigo. Una bandada de pájaros abandona volando un árbol a su espalda y recorre el cielo azul trazando amplios círculos. Las espigas siguen agitándose—. ¡Chico! —vuelve a gritar. Las espigas se detienen y de entre el trigo aparece un perro Pointer con las patas blancas todas recubiertas de tierra.

El viejo se pone la mano sobre la frente, como una visera, entorna sus ojos vidriosos y verdes y grita: <<¡Pero mira cómo te has puesto, Chico!>>. El perro baja un poco la cabeza, haciéndose el despistado.

—¡Ven, vamos, ven aquí! —grita el viejo, golpeándose los muslos con las palmas de las manos e inclinándose un poco hacia delante.

El perro alza nerviosamente la cabeza al oír la llamada y sus anchas y caídas orejas marrones se levantan hacia el aire con el movimiento. Coge impulso hacia atrás, contrayendo los músculos de sus cuartos traseros, tensionados bajo el pelo corto y blanco, ladra, y estalla en una carrera loca, colina arriba. El viejo lo observa feliz y absorto. El perro avanza rápidamente, arrancando trozos de hierba que salen disparados a su paso desde sus pezuñas al aire, mientras la tierra prendida en sus patas se desprende en polvo sobre la colina. Corre con la boca abierta, como si estuviera riéndose, con los ojos alegres y brillantes puestos en su amo, su lengua se bambolea de un lado a otro entre los caninos, y sus orejas suben y bajan impulsadas por la carrera.

El perro se sienta sobre sus cuartos traseros, respira agitadamente, y un hilo de saliva se le descuelga de la boca.

—Muy bien, Chico, muy bien —le dice el viejo, mientras le rasca detrás de las orejas—. ¿No había ningún ratón por ahí, eh?

El perro ladra una vez.

—Ya entiendo, Chico, ya entiendo. Las cosas están difíciles, pero no hay que desanimarse. ¡Mira qué día más espléndido tenemos hoy! —dice, señalando la tarde bajo la que retumba el mar.

El perro vuelve a ladrar.

—Sí, hace calor, sí. Pero con este sol la gente está de buen humor, ¿o no estás tú de buen humor con este sol? Y la gente cuando está de buen humor, compra más. Aquí llevo una buena remesa, Chico, de lo mejorcito —dice, golpeando un par de veces el saco con la mano—. Ahora a ver dónde está... Esos diablos siempre andan jugando por aquí. El otro día le dieron una pedrada a uno y lo dejaron seco en el suelo, como un pajarillo. ¿Te acuerdas?, ¿te acuerdas de cuando lo encontraste tirado entre las espigas como un pajarillo?

Pero qué te pasa, le dije, ¿estás bien?, le dije. Vas a coger una insolación aquí tirado, muchacho, vamos, levántate, vamos, ¿estás bien? ¿Te acuerdas, Chico? Y el me dijo, déjame, déjame, viejo. El muy desagradecido.... Pero yo me di cuenta enseguida, cuando vi la piedra a su lado. Tenía la frente enrojecida por la pedrada, y un poco de sangre reseca, ¿te acuerdas? Y él me dice, viejo, viejo, quita de ahí, y se marcha corriendo, con la mano en la frente, campo a través.... Tiene que estar por aquí. ¡Chico, busca el carro, vamos, Chico, busca!

El perro alza la cabeza e indaga en el aire, expandiendo y contrayendo los orificios nasales de su húmedo hocico negro. Se mordisquea un costado, interrumpido por alguna pulga molesta. Con un ladrido indica que algo ha descubierto ya. Feliz, mueve el rabo de izquierda a derecha y se aleja con el hocico pegado a la hierba, olfateando ruidosamente.

Se para junto a la esquina de mi casa. Se gira hacia el viejo y le ladra.

—Este Chico es un fenómeno. ¡Eres un fenómeno Chico! Ya voy, ya voy, espera —el perro se sienta y observa pacientemente al viejo que avanza hacia él, caminando con mucho cuidado, inclinándose ligeramente hacia un lado y hacia otro cada vez que da un paso por la pendiente y con los ojos puestos en sus pesadas botas marrones y desgastadas—. Tengo que ir con cuidado, Chico, no vaya a ser que resbale y ruede colina abajo, como el otro día, ¿te acuerdas, Chico? Aunque eso fue por el rocío, claro, pero aun así... —se detiene, se quita la gorra y se seca el sudor de la frente con el dorso de la mano. Sus cabellos canos apenas si le cubren la cabeza—. Al amanecer siempre está todo esto lleno de rocío. No hay quien se lo explique, al amanecer hace un frío de mil demonios y luego por la tarde estamos todos asados como pollos en el horno —el perro ladra, el viejo se pone la gorra y vuelve a caminar—. Sí, es verdad, nos vendría bien ahora un pollo al horno. ¡Ah, sí! —se para de nuevo y se da una palmada en la frente—, ¿te acuerdas de aquella vez en la que compramos uno por Navidad? —el perro vuelve a ladrar—. Sí, es verdad, sí, ¡qué frío hacía esa noche en el bosque! —se lleva el palillo a los dientes amarillentos y escarba un poco entre los que le quedan—, aunque con el estómago lleno de pollo no molestaba tanto el frío —el perro ladra—; yo también bebí bastante vino esa noche, es verdad, parece que todavía me lo tienes en cuenta, jiji —ríe y sigue caminando—.Yo creo que tú querías algo de vino, pero tú no puedes tomar vino, Chico. Te pones malo si tomas vino... Bueno, bueno, pero qué tenemos aquí, si lo has encontrado, claro que sí, claro que sí —le dice, mientras le acaricia la cabeza, el perro mira feliz hacia los ojos acuosos y verdes del viejo.

—¡Guau! ¡Guau! —ladra, dobla la esquina de mi casa y el viejo lo sigue.

Están a un metro de la puerta. Los observo desde la ventana, agachado, para que no me vean.

El perro se acerca al carro rojo y apoya las dos patas delanteras sobre él. Mira en el interior y agarra con la boca una pequeña manta gris que hay dentro. La saca del carro, dejándola sobre la hierba, se tumba y se refriega sobre ella, agitando las patas en el aire y con la lengua colgándole a un lado de la boca, como si se riera. El viejo mira para el carro.

—Vaya, no está la madera —dice—. Esos malditos diablos nos han quemado toda la madera —el perro se levanta, deja la manta, y se acerca a los restos de la hoguera que prendió el niño del pelo rojo. Hunde el hocico en las cenizas y después estornuda dos veces, sacude la cabeza, retrocede un poco, y mira al viejo—. Sí, han debido de quemarla ahí, sí. Menos mal que las cosas buenas las llevamos en este saco, ¿verdad, Chico? —dice palmoteando el saco—, si no...

El perro deja de mirar al viejo y comienza a escarbar frenéticamente en la tierra con las dos patas delanteras.

—No, Chico. No hace falta que escondas ahí tu manta, esta vez tendremos el carro bien vigilado —el viejo coge la manta, la agita en el aire desprendiendo varias briznas de hierba que se le habían quedado prendidas, y la tira dentro del carro, el perro sigue antentamente toda la operación—. ¿Y esa botella con el grillo dentro? —el viejo se inclina sobre el carro, coge la botella de plástico, desenrosca el tapón y la mueve un par de veces, arriba y abajo, orientando la boca hacia el suelo, después le da un pequeño golpe seco en el culo y el grillo cae sobre la hierba y se aleja brincando por la colina.

—Bueno, Chico —dice, agarrando el mango del carro—, vámonos. Hoy presiento que va a ser un buen día.

IX

La consulta era fría, aún recuerdo, pasados ya tantos años, sobre todo el color blanco, un blanco hueso. Las paredes: blancas, el suelo: blanco, los techos: blancos; las batas de las enfermeras y de los médicos: blancas; las fichas de datos que rellenaba mi madre, el mostrador, los ventiladores, las escaleras, los retretes y las máquinas de diagnóstico: blancas. Y también algunos rostros: blancos, inundados como de aire, difuminados, rostros que poco a poco se iban borrando, deshilachando, desvaneciendo en el vacío; había muecas, sonrisas forzadas, manos rascando cabelleras, alguna lágrima a veces, palmadas sobre los hombros o la espalda, estornudos, carraspeos, miedo, hojas de periódicos pasadas sin prestar atención; en la planta de arriba lloraba siempre alguien, eso lo recuerdo claramente, sí, y todo lo demás también, claro —mi memoria, mi precisa memoria—. Yo estaba sentado, con los ojos bajados, mirando el suelo; recuerdo que pasaban piernas, zapatillas blancas, ruedas de camillas...

Las piernas me colgaban y las balanceaba muy lentamente en el asiento, con mucho cuidado, miraba el suelo y los cordones de miz zapatos nuevos, mis primeros zapatos, tal vez; los primeros de los que conservo memoria, los primeros entonces, necesariamente, si no recordaría otros. Eran marrones. Las piernas las movía con mucha lentitud porque tenía miedo de que todo volviera a empezar. Había sufrido esa semana mi primer ataque prolongado, un ataque de varias horas, en las estuve tirado en el pasillo de mi casa, con las manos puestas sobre los oídos y gritando, y dando patadas también. Y cuanto más gritaba, más violentos y salvajes se volvían los sonidos que me inundaban y me cercaban por todas partes, entrando y saliendo de mí, el mundo era como un bumerán golpeándome y marchándose y volviendo a por mí. Me sentía metido dentro en una enorme campana que dos manos golpeaban con ansia desde fuera, mientras otra me apretaba el cuello. Recuerdo que me dolía la garganta de gritar. No es que no hubiera padecido otros ataques antes, pero duraban muy poco, eran como un pinchazo, como un navajazo, quemaban un segundo y luego todo retomaba su curso. Aunque ese curso no era el curso normal, no para mí. Porque aún podía oír con gran precisión todo lo que acontecía a mi alrededor. Cuando esa capacidad auditiva se exacerbaba y crecía hasta límites insospechados era cuando me daban los ataques, a medida que cumplía años, más se afinaba mi oído y más frecuentes, duros y largos eran estos ataques.

Al principio pensaba, naturalmente, que todo el mundo oía de la misma forma que oía yo. Pero comencé a darme cuenta de que no era así cuando mis padres se iban a discutir a otra habitación y cerraban la puerta para que yo no los oyera; los oigo igual, por qué lo hacen, pensaba; también cuando mi tío le decía algo al oído a mi tía y luego ella se reía y se le ponían las mejillas rojas; los oigo igual, por qué lo hacen, pensaba; y lo mismo cuando los adultos susurraban o alguien pasaba por la calle y se tapaba la boca y le decía algo a otro que iba a su lado. Entonces lo comprendí, lo comprendí claramente, y cuanto más pasaban los meses y más se afinaba mi oído, más lo iba comprendiendo. Pero el dato definitivo fue mi voz. <<El niño llora muy bajito, como si no quisiera hacer ruido, llora como desde muy lejos, como si le diera miedo llorar, con quejidos ¿sabe usted?, empieza y tan pronto como empieza, es como si se diera cuenta de algo y calla, y luego un quejido, un quejido apagado que va arrastrando por la garganta. ¿No tendrá algo malo en las cuerdas vocales? Parece, me da reparo decirlo, doctor, parece así, como un ratón o, no sé, no sé cómo decirle; y eso cuando está muy malito, si le duele algo; tiene que estar muy malito, si no, no llora, y cuando está muy malito, aun así, parece como que le diera reparo llorar, o miedo, qué sé yo, ¿usted entiende, doctor? Y a mí me preocupa, porque como al nacer tuvo tantas complicaciones y me decían que no oía y le costaba ver, y luego de repente se le pasó todo. ¿Sabe?, se le pasó de repente y... no sé...>> .

—Pero eso fue por un mal diagnóstico, nadie se cura así, de golpe, ¿entiende? Mire, no se preocupe, su bebé está perfectamente, no tiene ningún problema. Lo que pasa es que al ser usted madre primeriza no está acostumbrada a estas cosas y a todo le da una importancia excesiva.

—Sí...

—No se preocupe usted. Veamos, tiene que volver a la revisión el...

Cuando empecé a hablar no me entendían. <<A este niño no se le entiende nada, habla muy bajo, no se le

entiende nada>>, le decía mi tío a mi tía al oído, y ella asentía, con las mejillas enrojecidas, y le tocaba la pierna por debajo de la mesa a mi tío. <<Tienes que hablar más alto, Odiseo, murmuras y no se te entiende nada>>. Llegué a la conclusión de que había que hablar a gritos. Por eso siempre fui muy callado, la gente pensaba que era por timidez, pero no se trataba de eso, <<timidez nerviosa>> decían que era, pero no era por eso. Veía a todo el mundo gritando por todas partes, gritándose los unos a los otros, gritándose como si algo estuviera ardiendo. Aguardaba con pavor los días de las grandes reuniones familiares, las fiestas... Odiaba las radios, pero la primera vez que rompí la radio grande del salón, mi padre me dio una buena azotaina, y después me contenté con robar las pilas y esconderlas <<¡Pero qué pasa con las pilas en esta casa!>>, siempre gritaba eso y venía a buscarme a mi habitación, porque yo siempre estaba en mi habitación y antes de que me diera un azote yo le tendía las pilas y él me las quitaba de las manos con un gesto tan rápido que parecía un golpe. Yo lo que más temía era el ruido que hacían los cachetes, no los cachetes en sí, y también que cuando me daban, me entraban ganas de llorar y no podía aguantarlas y entonces me estremecían mis propios quejidos, y eso era lo peor, lo peor de todo, peor que los cachetes.

—Mire, las pruebas realizadas no indican que haya nada anormal. El otorrino no ha hallado ningún problema anatómico, y yo le digo, que en plano neurológico todo funciona perfectamente. Tenga usted en cuenta, además, que nunca se ha dado un caso así, no hay evidencia científica de que tal peculiaridad sensitiva hubiera tenido lugar nunca, ¿comprende? Es imposible. Entiendo que usted se preocupe. Yo creo que es algo nervioso, algo psicológico, ¿comprende?, tal vez pretenda reclamar su atención, o la de su padre. Quizá sería conveniente derivarlo a un psicólogo especialista en problemas infantiles. Es la única prescripción médica que puedo darle.

—Pero entonces, cómo me explica usted sus aciertos.

—Eso es casualidad, además, resulta natural que conozca los horarios de su padre y pueda decir con antelación cuándo va a llegar a casa.

—Él dice que lo oye venir y...

—Ya, pero verá, como le digo, sólo lo hace para llamar su atención. Los niños son así. No debe darle crédito. Así sólo empeora las cosas, ¿comprende?

Recuerdo que la anciana que estaba sentada a mi lado olía de manera muy extraña y que cada cierto rato se recolocaba la media izquierda, tirando de ella y subiéndola hasta casi la altura de la rodilla. Cuando terminaba de tirar, se giraba y me sonreía. Era una sonrisa estremecedora y unos ojos que me caían encima, como dos cuervos, una mirada azul, profunda, de barranco, que traba de hundirme en ella, impropia de una anciana, que no casaba con el resto del conjunto. Y de repente los ojos se volvían neblinosos, se apagaban, perdían todo su vigor, y entonces la anciana volvía a mirar al frente y se rascaba algo el estómago mientras apretaba el bolso con mucha fuerza contra su costado derecho. Me pareció volverla a ver otras muchas veces. A veces en sueños me parecía verla también.

La anciana miraba hacia la puerta de la consulta, la puerta era blanca, no marrón, pero no sé por qué la veo marrón, la siento marrón, no sé. Dentro de la consulta el doctor conversaba con mi madre, podía oírlos <<Los niños son así. No debe darle crédito. Así sólo empeora las cosas, ¿comprende?>>. Recuerdo que me dieron ganas de levantarme y entrar corriendo en la consulta y decirle <<Es usted un mentiroso. Un mentiroso y un tonto>> y decírselo mientras lo señalaba con el dedo, y aguantando la puerta con la otra mano, para que no se cerrara y pudieran oírlo todos los que estaban esperando en el pasillo, pero no lo hice porque tenía miedo de que me volviera a dar otro ataque.

Recuerdo que mi madre me cogió por el brazo y me dijo <<Vamos>>, me pareció que tenía lágrimas en los ojos, pero no acerté a ver bien, porque cuando mi madre me llevaba por el pasillo, tirando de mí, yo estaba mirando hacia atrás, hacia los asientos. Un hombre con un bigote muy cuidado que estaba apoyado en la pared junto a una de las puertas de las consultas también se había dado cuenta, pero hacía como si no, pero estaba claro que se había dado cuenta y no sabía qué hacer, si decir algo o no. La anciana se había orinado encima.

X

—¡Mirad, por allí va la vieja Gusano! —grita el niño del pelo rojo desde la cima de la colina, a los pies de mi casa.

El sol de la tarde cae a plomo sobre los campos, por el camino de tierra avanza una anciana arrastrando los pies, la luz busca su rostro húmedo de sudor, respira fatigosamente y sus zapatos se aprietan contra la tierra polvorienta.

—¡Vieja Gusano! —grita uno de los niños.

La anciana no oye o hace que no oye. Saca un pañuelo del bolsillo y se lo pasa por la frente. Su aliento lucha contra la pesada brisa de la tarde que mece las espigas y las hojas. Hay un letargo en el aire, una marea de calor que lo envuelve todo y le busca los huesos a la anciana y la piel arrugada, como si quisiera llevársela y enterrarla en la luz.

—¡Eh, vieja Gusano! —grita el niño del pelo rojo, y hace que arrastra los pies.

—Jajaja.

Su corazón late pesadamente. La anciana se apoya en el bastón a punto de caer; levanta el rostro y mira al cielo como buscando algo o a alguien. Se lleva la mano al pecho y sigue andando.

—¡Gusano!

—Está como una tapia.

Su corazón se para. La anciana se desploma muerta sobre la tierra.

XI

Los niños están arremolinados en torno al cadáver que yace de bruces sobre el camino. El niño del pelo rojo tantea el cuerpo muerto con un palo, dando toques repetidos en la zona de los omóplatos y a lo largo de la espalda, pero sin atreverse a tocarlo con las manos, como si le diera asco. El sonido de cada uno de los hundimientos del palo de madera llega hasta mí y me golpea. La brisa pesada de la tarde sacude la parte baja de la chaqueta de la muerta y se enreda en sus pliegues antes de seguir su camino, como si quisiera amortajar a la anciana o decir: fui yo, yo la saqué de la tierra, yo la saqué de la vida y la dejé aquí tirada como un hueso después de un banquete.

—¿Está muerta? —pregunta uno.

—Sí —responde el niño del pelo rojo, sin dejar de tocar el cadáver con el palo.

—Dicen que se ponen duros.

—¿Quiénes?

—Los muertos, hombre.

Los niños no apartan la vista del cuerpo sin vida.

—Esta está blanda —dice el niño del pelo rojo.

—¿Tú habías visto algún muerto antes?

—No.

—No, yo tampoco.

—Ni yo.

—No... ¿Tú no vieras a tu abuela?

—No, mi madre estaba echada sobre ella y sólo me acuerdo de haberle visto las zapatillas... Es que fue hace mucho tiempo, cuando era pequeño, hace tres años o así.

—Ah.

—¿Y qué hacemos?

A lo lejos, desde el pueblo, viene el viejo tirando del carro. A su lado va su perro olfateando el aire y ladra.

—Allí están esos diablos, Chico —le dice.

—¡Eh, vosotros, sinvergüenzas!, ¿qué mal estáis haciendo ahí? —les grita a los niños, y el perro acompaña las palabras del viejo con un ladrido y empieza a correr hacia ellos.

—¡Cuidado, cuidado, que viene el viejo loco! —avisa uno de los niños y los demás levantan la cabeza.

—¡Corred, corred!

Los niños comienzan a correr dispersándose por el campo en dirección al pueblo, tratando de evitar al viejo y al perro.

—¡Que me coge, que me coge!

El perro persigue a uno de los niños, pero tan pronto como está cerca de él, se detiene y se lanza en una carrera tras otro, sin dejar de ladrar, como si sólo quisiera espantarlos y alejarlos de su amo.

El viejo, al ver el cadáver en el camino, se lleva la mano a la gorra y comienza a acelerar el paso.

—¡Déjalos, Chico, déjalos, ven, ven!

—Oh, vaya, Susana —dice el viejo, dándole la vuelta a la muerta. La coge por los pies y con esfuerzo comienza a arrastrarla hasta el carro para colocarla en él, desplegando un sonido como de arado rastrillando la tierra. El perro parece tratar de querer ayudarle, y muerde con delicadeza la manga de la chaqueta de la muerta, levantando así un poco su mano.

—No, deja, Chico, yo me valgo... Ha debido de perder el control de los esfínteres al morir...

Escucho el golpe del cuerpo contra el carro.

El viejo se agacha, recoge el bastón del suelo y lo pone cuidadosamente sobre la muerta, que está ya colocada en el carro, con las piernas colgando por fuera hasta la mitad de los muslos y los brazos inertes, abiertos de par en par, el viejo trata de poner los brazos sobre el pecho, contra el bastón, pero vuelven a escurrirse. La muerta tiene la boca abierta y la lengua asomando, como si aún quisiera tomar aire y luchara por ello, y el aire entra inútilmente y recorre los dientes y el paladar para volver a marcharse, dejando un sonido hueco y de susurro como el de una serpiente arrastrándose por la arena.

—Hay que ver lo que hace la vida con la gente, Chico.

El niño del pelo rojo observa al viejo, está oculto entre las espigas, tumbado en el suelo, escucho su corazón latiendo contra la tierra.

El niño del pelo rojo se levanta entre el trigo, oigo que aprieta algo en su mano. El viejo está de espaldas y no puede verlo. Yo quiero avisarlo, pero no puedo. ¡No puedo! El perro se da cuenta y ladra, la piedra vuela disparada hacia él. Golpea el carro arrancándole un sonido metálico y cae entre las patas del perro.

El niño del pelo rojo echa a correr en dirección al pueblo, sin mirar atrás.

—¡Maldito diablo! —le grita el viejo al verlo—. Quieto, Chico —el viejo se agacha, coge el palo con el que el niño del pelo rojo estuvo tocando el cadáver y lo lanza contra él como si fuera un bumerán. El palo golpea en la espalda al niño del pelo rojo que cae de rodillas entre las espigas. Levantándose grita: ¡Viejo, esta me la pagas!, se lleva la mano a la espalda dolorida y, todavía confundido, vuelve a gritar: <<¡Esta me la pagas, estúpido!>>, baja la mano con rabia y echa a correr de nuevo hacia el pueblo.

XII

Me he estado observando en el espejo durante cinco minutos, luego me he tendido en el suelo y me he quedado dormido, me despertó la tarde sobre los campos.

Ya nadie recoge el trigo en este pueblo, el mar da de comer a los hombres, como da de comer a las gaviotas y a veces le estalla el vientre y suelta cuanto lleva dentro sobre la playa. Me gustaría bajar hasta la playa, pero no puedo. Me he vuelto a mirar en el espejo, luego he bebido un vaso de agua y me he tendido en el suelo.

Sólo bebo agua tres veces al día. Lo peor no es la mano sobre la llave del grifo, lo peor no es el acto de abrirlo ni tampoco el agua que cae después sobre la pileta blanca del lavabo, lo peor es el líquido descendiendo por la garganta. Sólo bebo agua tres veces al día y cada vaso lo vacío de golpe, para acabar cuanto antes; lo hago como el que tiene un esparadrapo pegado a la piel y sabe que para quitárselo debe hacerlo de un tirón y cuanto antes.

Bebo por la mañana, por la tarde y por la noche. No me permito más que esto. Echo el suero en el agua y lo trago todo de golpe. Además, orinar es algo que me cuesta cada vez más. La cremallera bajando, todo ese ruido... no lo soporto.

Si pudiera fumar, pero no puedo permitírmelo. Llegué a tener un buen método: no usaba cerillas ni mechero, encendía el cigarrillo a base de paciencia. Bajaba con mucho cuidado por las escaleras de madera a la planta de abajo, encendía la vitrocerámica y esperaba a que se calentara, inclinado sobre la cocina negra, con el cigarrillo en la boca y poniendo el extremo por el que se prende contra la placa; había que esperar un poco, pero, de repente, como por arte de magia, éste se encendía. La espera era angustiosa: los repetidos clics que emite la rueda del termostato al ser girada, el sonido de la placa calentándose, todo ese calor contra la cara después, las partículas del aire incendiadas y ascendiendo hacia los ojos. Yo cerraba lo ojos y esperaba.

Este método comencé a emplearlo cuando descubrí que ya no me era posible usar las cerillas ni manejar el mechero. Luego comprobé que ya no podía salir a fumar fuera de la casa, porque me resultaba abrumador e insoportable el chirrido de la puerta, el peso de la madera girando sobre los goznes.

La planta baja se llenó de humo; fumaba dentro de la casa y de pie porque había comprendido ya lo doloroso que era para mí sentarme en una silla o tumbarme en el sofá. En un acto desesperado, traté de fumar con la cabeza bajo el extractor, pero sólo pude mantenerlo encendido un par de segundos, aquello era aún peor que el sonido de la puerta de la casa al abrirse.

El chisporroteo de los hilos de tabaco y el del papel del cigarrillo al consumirse, todo eso me inquietaba también y poco a poco lo iba percibiendo con mayor dolor y mayor claridad, y era como si alguien, un vecino loco, por ejemplo, estuviera golpeando con un punzón, salvajemente y desde fuera, las paredes de madera de la casa, traspasándolas a cada calada, penetrándolas tras cada calada, hasta podía imaginarme su ojos y su mirada vehemente sobre las tablas. Aún así yo persistía en mi empeño, y así como opté por beber tan sólo tres veces al día, me impuse el hábito de fumar un único cigarrillo al anochecer. Esto es ya, a día de hoy, algo imposible. No es sólo por el sonido del humo entrando en los pulmones, sino, y sobre todo, por el hecho de que me hallo preso en la segunda planta, preso en mi cuarto y sin poder bajar, porque he llegado al estado de no soportar el ruido de mis pasos sobre la madera de los escalones. No puedo descender abajo. No soporto el quejido de la madera, el peso de mi cuerpo sobre los pies bajando por la escalera, llevándome hasta la cocina, el polvo de los escalones saltando contra los bajos del pantalón y sobre los zapatos, todo eso, no lo soporto.

XIII

Los niños están sudorosos y exhaustos, tumbados en la colina, a los pies de mi casa.

El niño del pelo rojo se incorpora y, sentado en el suelo, abre un botella de agua, le da un sorbo y se la pasa al que tiene al lado.

—Toma —le dice.

Han estado jugando a la pelota; el que la recibía tenía que deshacerse rápidamente de ella y pasársela a otro porque mientras la tuviera entre los pies, todos los demás se abalanzaban sobre él y le daban patadas, y en esto consistía el juego. Algunos tienen las piernas enrojecidas por los golpes.

—Pásame el agua.

—Eh, no te la bebas tú toda.

—Toma.

—Qué calor.

—Trae.

—Tú ya bebiste antes.

—Dame, dame —dice el que tiene la cabeza vendada y le da un trago largo al botella.

—¡Pero no la babees!

—Tú eres tonto.

—Déjame, déjame

—¿No sabes beber o qué? La babeaste toda, mira —le dice el niño de gafas al que tiene la cabeza vendada.

—¡Qué guarro!

—¡Bebe como su madre cuando sale cantando borracha de la taberna! —grita uno.

—Jajaja.

—Mi madre no sale borracha de la taberna, eres un puerco mentiroso —dice el que tiene la cabeza vendada.

—Cómo que no, si el otro día le estaba contando mi abuelo a mi padre que tu madre salió borracha de la taberna y se puso a lamer una farola y después se tiró de cabeza en la fuente, como si fuera un pato. Es una vergüenza, decía mi abuelo, es una vergüenza, a las tres de la tarde, fíjate tú, le decía, y luego los dos se pusieron a reír.

—Jajaja.

—¡Eso no es verdad! Vino mojada a casa porque tropezó y cayó en un charco muy grande... y si canta es porque está alegre, ¡y ya está!

—Claro, claro.

—Jajaja.

—Sí que es verdad —dice el de gafas—. Tú madre huele a vino. El otro día me vio en la calle cuando estaba esperando a mi tía y se acercó y olía a vino, y se inclinó hacia mí y me dijo, ¿tú eres el amigo de mi hijo?, y tenía los ojos muy raros.

—¿Y tú qué sabes a qué huele el vino?

—Porque olía igual que mi abuelo cuando hay fiesta, y se pone a hablar de cuando fue joven, y luego canta y después se queda muy callado, muy callado y luego se pone como a llorar y dice, ¡a mí no me conocéis, a mí no me conoce nadie!

—Jajaja.

—Tú madre huele a bodega, amigo, desengáñate —le dice uno poniéndole la mano en el hombro.

—¡Quita!... No, eso es porque toma muchas uvas, que nosotros tenemos uvas en el huerto, y es por eso.

—Eso no te lo crees ni tú.

—Sí. Pásamela —el niño del pelo rojo mira hacia la botella de agua y bebe a morro la que queda, después se seca la boca con el antebrazo y la tira lejos—. El otro día tu madre salió cantando borracha de la taberna —dice.

—¡A ver si a él se lo niegas!

—Dejadme en paz.

—A él no se lo niegas porque el otro día te dejó bien seco de una pedrada.

—No-no está bien decir eso de una madre —dice el que es el más corpulento de todos ellos.

—No seas tonto, Tartaja, que bien se ríe él de ti cuando hablas a-a-así.

—Jajaja.

—Yo sólo digo que no-no está bien.

—Va-vale, Tartaja.

—Jajaja.

—No-no me hace gracia.

—Tranquilo, hombre, tranquilo, no te pongas así.

—¡Ahí te va la pelota, Tartaja!

XIV

Por el camino de tierra avanzan el viejo y su perro bajo la tarde.

—Allí están esos sinvergüenzas, Chico.

El sonido de las olas del mar se enfrenta al viento que golpea el pueblo y las espigas, haciéndolas danzar y sisear como si hablaran susurrando entre ellas, diciendo quién nos ha hundido aquí en la tierra y por qué no podemos volar como esos pájaros. Parece que quisieran escapar de sus raíces.

Los pájaros se alejan en la tarde pesada y húmeda. Hay una calma en el aire, un acecho de partículas frenándose en la luz, reagrupándose para un ataque contra el pueblo y contra todo, formando un manto denso que entra por los pulmones y agita la sangre.

—Vamos, Chico. Va a haber tormenta. ¿No notas el aire cargado de electricidad?

El perro mira al viejo y aprieta el paso.

—Hoy no podemos dormir en el bosque, es peligroso.

Los niños, en la colina, no los ven pasar. Están enfrascados en el juego de las patadas, y el balón corre por la hierba perseguido por las risas y los golpes.

XV

La tormenta es ingobernable. Bosques de luz surgen y se extinguen en la tarde, los rayos se esparcen como ramas a través de la oscuridad y luego retumban y se estremecen, hay látigos luminosos azotando el aire, esqueletos de racimos incendiados que crecen en el cielo, y que de repente se expanden en estallidos de fuego y hacen temblar la tierra.

—¡Ahora no sois tan valientes! —grita el niño de la cabeza vendada desde la cima de la colina, agitando los brazos— ¡Ahora ya no hos reís de mí!

Los demás corren colina abajo hacia sus casas, golpeados por la lluvia y el ruido de la tormenta, con el pelo empapado y sacudido por el viento y las ropas pegadas a los huesos en la carrera, las ropas pesadas a fuerza de agua.

—¡Corred, corred! —van gritando, cegados por la lluvia, mientras el niño de la cabeza vendada sigue gritándoles desde la cima de la colina frente a mi casa: <<¡Ahora ya no os reís de mí!>>.

El trigo se agita como una marea de látigos golpeando el viento que trata de someterlos a su peso eléctrico. El aire está lleno de fuego. El aire está lleno de luz ardiendo en el cielo. La tarde está llena de una luz azul y violenta que lucha contra la creciente oscuridad y la combate, y como un pájaro ciego golpeándose contra los muros todo el pueblo retumba y se estrella en el aire. Allí las barcas, allí las grúas atacadas por la tormenta, allí el mar devorando los rayos.

—¡Ahora ya no os reís de mí! —vuelve a gritar el niño de la cabeza vendada formando una especie de megáfono con las manos.

El niño del pelo rojo lo oye y se para de golpe.

—¡Esperad, esperad! —les grita el niño del pelo rojo a los demás que siguen corriendo hacia las espigas, les tiene que hablar a gritos para que lo oigan— ¡Esperad!

El niño del pelo rojo se gira y mira con rabia hacia la cima de la colina donde el niño de la cabeza vendada permanece envuelto en la lluvia.

—¿Qué dices? ¿Qué dices tú? —le grita el niño del pelo rojo al de la cabeza vendada y comienza a subir colina arriba. Los demás se detienen.

—¿Pero qué haces? —preguntan temerosos, deseando volver a correr, correr hacia sus casas, hacia el aire, hacia el mar, hacia el cielo, escapar, escapar, ¿a dónde?, escapar, ¿cómo?

Un rayo acaba de tumbar la torre de la iglesia del pueblo.

—¿Qué dices tú? ¿Qué dices? —repite el niño del pelo rojo.

El niño del pelo rojo comienza a correr, furioso, apretando los puños, colina arriba, contra el viento, hacia el que tiene la cabeza vendada que lo mira sin entender, esperando algo, ¿qué?, esperando la lucha, temiendo la lucha. Los rayos caen como si el cielo quisiera copular con la tierra.

—¡Mírame! ¡Mira qué miedo tengo! —grita el niño del pelo rojo.

El niño del pelo rojo se acerca a un árbol de la colina.

—¡A ver si te atreves tú! ¡A ver si te abrazas a esto! —dice.

—¿Pero qué hacéis? ¿Qué hacéis? —gritan los demás desesperados desde el campo de trigo— ¡Estáis locos! —ellos no los oyen— ¿No veis? —grita uno de los niños señalando al cielo y baja rápidamente el brazo, como si temiera que un rayo le buscara la mano.

—¡A ver si te abrazas a esto! —le grita el niño del pelo rojo al de la cabeza vendada, al tiempo que se abraza a un árbol de la colina y mira hacia el cielo.

Escucho el corazón del niño del pelo rojo palpitando a través de la tormenta, hendiéndola, apretado contra la corteza, latiendo desbocado contra la corteza empapada del árbol, como un hacha salvaje golpeando la corteza.

—¡Vamos! ¡Vamos! —grita el niño del pelo rojo sin soltarse del árbol. Entonces se separa, se quita la camiseta, la tira el suelo y se abraza de nuevo con el pecho desnudo contra el árbol zarandeado por la tempestad— ¡A ver si te abrazas a esto!

El niño de la cabeza vendada corre colina abajo hacia los demás. Corre llorando colina abajo.

XVI

En la mañana juego a hacer sombras con mis manos en la pared, pero me detiene el sonido de mis dedos. El río... el río que se hunde canalizado en el bosque situado a la espalda de mi casa, lo oigo correr por todo el vientre del pueblo como una intensa sangre que me arrastra, como un inmenso canto que me lleva hacia el mar, deshecho en tablas, en huesos, en uñas, en piedras... Yo me agarro a lo que puedo para no caer en el sonido del río, juego a hacer sombras con mis manos en la pared, revuelvo el recuerdo como el que hunde un palo en un charco y lo hago girar, converso conmigo, me describo el paisaje, pongo mi sombra en la pared, converso con mi sombra... Yo me agarro a todo para no caer en el sonido del río, para que no me lleve en el sonido hacia el mar y me reviente contra las olas. Pero el sonido me quiebra las uñas y me abre las manos y me tira hacia abajo, desasido, entre las orillas del aire, vuelto desechos y palabras que caen contra el mar; el río me tira hacia abajo, como una bolsa llena de agua que se hunde, llena de agua y de sonidos que se hunde en el río y se rasga contra las piedras, empujada por la corriente, camino del mar. ¿Y cómo luchar contra la corriente? ¿Cómo luchar contra el sonido permanente de la corriente?... Si tuviera un momento de silencio, un momento sólo en que callara la sangre de mi pecho, sin sonidos de pestañas trenzándose y aire entrando y saliendo, un momento sin venas y sin ojos, un momento de luz callada en el agua, de luz lavada en el agua, de luz sumergida en un agua quieta pero no estancada, un momento de destello sin vibración ni pasos, un momento sin manos y sin muslos, un momento de aire callado sin flujo ni destino, un momento inmóvil sin conceptos de atrás y adelante, un momento sin atributos, no despojado ni carente de algo sino esencia de sí mismo, un momento sin espacio ni rostro ni camino, sólo viaje sin viajero, sólo vuelo sin ave ni aire... Un momento de silencio en la corriente... Pero el río, el río canalizado... lo oigo correr bajo la tierra como bajo mi piel, lo oigo latir bajo la tierra como una vena mía que me corre por dentro, y que se me abre por dentro y me lleva hacia el mar. Yo me agarro a mi soledad para no caer en el sonido del río, pero mi soledad me hunde en él; yo me aferro al paisaje para no caer en el sonido del río, pero el paisaje me golpea vuelto una vibración, vuelto todo un temblor ante mis ojos me golpea en la cabeza, y me hunde bajo la tierra y me entrega al río como un madero que va golpeándose contra las orillas hacia el mar... Mi soledad... el paisaje... Mi vida como un madero que va golpeándose contra las orillas hacia el mar... Y yo soy el que escucha los golpes de la tabla arrastrada... Mi soledad... el paisaje... los golpes... mi soledad, el paisaje... los golpes... Mi soledad, el paisaje, los golpes; todo el día, la tabla que es arrastrada, y yo montado en la tabla... Mi soledad, el paisaje, los golpes...

Las últimas gotas de lluvia penden de los aleros de las casas y de las hojas de los árboles y caen contra la tierra, dejando en el aire un sonido de relojes invisibles. Tic-tac, tic-tac desde las hojas y las casas, tic-tac, tic-tac hacia los charcos y la tierra, tic-tac: gotas de auga rompiéndose en el suelo... Siento que mi corazón se suma al ritmo de la caída del agua, siento que mi corazón cae también con el agua y se rompe en el suelo.

Los relojes giran y giran en las casas, giran en las muñecas contra el latido de la sangre, las olas rompen y rompen en la arena, todo me señala un acabamiento, todo cuanto llega a mi oído me indica una pendiente hacia abajo, un descenso, una caída... pero no, también está la hierba que crece, también la ola que vuelve a alzarse, también... y para qué, surgiendo de nuevo para qué y, sobre todo, hacia dónde... ¿Desde lo destruido hacia lo destruido?, ¿todo en un giro constante?, como una boca, sí, como una boca devorándose a sí misma. Y yo estoy ahora dentro de esa boca como alimento pero también como colmillo; respirando seres, conviertiendo el oxígeno en desecho, ocupando un espacio, llenándolo con mi cuerpo de sonidos de golpes, un paso: un golpe, un golpe contra la paz del aire; yo estoy masticando también, absorbiendo mi parte de luz y arrojando sombra, añadiendo ruidos al ruido... Y sin embargo tiene que haber algo, un silencio, algo que lo sostenga todo... tiene que haberlo porque el sonido tiene que apoyarse en el silencio, igual que el mar se sostiene en su lecho y sus orillas. ¡Pero qué profundo es ese lecho!... ¿Y dónde están esas orillas?

Oh, el zumbido, ¡el zumbido de las alas de las moscas!

XVII

He estado observando el atardecer desde mi ventana, en ningún sitio el sol se pone como junto al mar: donde horizonte y agua se confunden baja la luz y atraviesa el océano como un enorme nadador hecho de estrellas surcando el agua y pidiéndome que resista. Vivo a cuatrocientos metros de cualquier hombre, a cuatrocientos metros se levanta el pueblo de las casas blancas. Por el viejo camino de tierra pasa un pastor con un azadón a la espalda. La sombra de sus piernas cae en tierra y cruje sobre el polvo.

A cuatrocientos metros la nueva carretera de asfalto divide en dos el pueblo de las casas blancas. Oigo el trigo seco envuelto en la brisa a los pies de la colina verde en donde mi casa se levanta, el trigo que separa mi colina de los pasos de los hombres, allá en el pueblo. A ochocientos metros hay un muelle y contra él golpean las olas. A ochocientos metros hay una playa y sobre ella descansan las olas.

Toda la tarde veo el trigo danzar. Ya nadie recoge el trigo en este pueblo, pero sigue creciendo. Los tallos caerán al suelo con la llegada del otoño y sus cuerpos quemados abonarán la tierra; surgirá la siguiente generación y, nuevamente, se deshará en el barro, en el polvo y en la piedra. A veces me pregunto si Dios no se habrá cansado de sembrar hombres... y el trigo sigue creciendo sin saber que nadie va a venir a cosecharlo...

Hay una pareja allá en la playa besándose. Las olas van y vinen y cuando rompen cierro los ojos.

XVIII

El cuarto huele a hombre encerrado. No puedo abrir la ventana. He bebido un vaso de agua y me he tumbado en el suelo, cuando mi cuerpo se posó agotado sobre él, crujieron las tablas. Todo está oscuro y la noche grita.

Hay una amenaza en el aire, una marea. Por encima del latido de los corazones, por encima de los caminos y las casas, por encima de los árboles y del canto angustioso de los grillos, algo se prepara, algo asciende reclamado por el cielo, un rumor hinchándose hacia arriba, sumándose a la oscuridad, algo que sube desde la tierra, un calor húmedo elevándose en partículas como un ejército de caballos resoplando hacia los techos del aire, un desembarco. Hay un choque de masas de aire caliente allá arriba, un movimiento lento, escarbando, horadando, un combate que se prepara. Una tormenta amenazando la tierra, la noche abriendo las piernas, los dragones de la tormenta paridos en la oscuridad... la noche gritando en el parto, desgarrada en el parto, y el mar aguardando otra lucha, y mi corazón aguardando otra lucha. La noche temblando en el parto, la noche sudando lluvia en el parto.

XIX

Lo veo correr bajo la espesura de las hojas, como un lobo; con los cabellos rojizos empapados por la lluvia. Su rostro se ilumina en la noche cada vez que un rayo cae sobre el pueblo. El niño del pelo rojo se hunde cada vez más y más en la profundidad del bosque que se levanta a la espalda de mi casa. Avanza jadeando, con la mano puesta sobre el corazón, y yo siento sus latidos en las paredes de mi cuarto. Miro por la ventana, me lleva sobre su hombro, lleva toda mi casa sobre su hombro... <<Ahora verás, chalado>>, gira la cabeza hacia mi casa y repite sin dejar de correr: <<Ahora verás, chalado>>. Avanza desbocado y la lluvia le ciega el rostro.

Despierto. Oigo caer la lluvia nocturna contra la madera de las barcas. Los rayos golpean las grúas del puerto, iluminan la noche y las dejan retumbando. Todos aguardan temerosos el cese de la tempestad, guarecidos dentro de las casas, desvelados, con los ojos abiertos orientados hacia los techos.

Oigo caer la lluvia contra las farolas y las aceras. Estoy en medio del temporal, duermo unos segundos, me despierto; pienso en colocarme mejor la manta sobre los hombros; me pregunto por qué estoy tumbado en el suelo en lugar de estar metido dentro de la cama, luego recuerdo que ya no soporto el sonido de mi cuerpo sobre el colchón.

Entro en el sueño y regreso a la claridad ciega del insomnio, regreso como el que está a punto de ahogarse y saca la cabeza luchando de las aguas. Entro en el sueño como un corcho que se hunde y vuelvo a salir. Regreso braceando, y siento en torno a mí todos los objetos; trato de abir los ojos para ver, como si no recordara qué es lo que está vibrando en torno a mí, <<la cama, la silla, la mesa, el baúl...>>. Me pesan los ojos, los siento espesos, y me hundo de nuevo.

El niño corre y corre. <<Ahora verás, chalado>>... <<Ahora verás, chalado>>...

Vuelvo a despertar, vuelvo del fondo de las aguas, vuelvo del sueño de cinco segundos. Despego los ojos y veo entrar la noche gritando a través de la ventana, como un barco estrellándose contra el cuarto, arrastrando algas y grúas.

Siento que hay agua y rayos en mi cuarto, siento que hay troncos empapados, siento que hay barcos entrando y golpeándose contra los muros. Todo el pueblo está ahora en este cuarto, encallado y a punto de naufragar.

Las grúas retumban bajo la mesa, las campanas de las boyas se sacuden y cuelgan de la lámpara, las flores son golpeadas por la lluvia alrededor del flexo, los perros ladran bajo el escritorio y las barcas se hunden en mis manos. Esto es cierto, esto es real, no estoy loco; cae un rayo, vibran las ventanas y su luz me golpea, soy golpeado, soy zarandeado como las barcas.

Me evado. Me evado. Vuelvo al recuerdo, vuelvo a aquella tarde, entro en aquella tarde, vuelvo a oír aquella trarde en la que el sol hervía los tallos y hacía crujir la piel de las espigas pardas, vuelvo a ver la sombra de horca de las grúas, vuelvo a ver el sol resquebrajando la tierra, vuelvo a ver el mar hinchado de luces, desilanchándose en espuma contra las rocas, el mar como una paloma volando hacia el sol.

Huyo hacia atrás, huyo de la tormenta, huyo montado en esa tarde. Giro la vida y regreso atrás en el tiempo. Regreso a aquella tarde. ¡Qué fuerza me inundó entonces! Recuerda. Recuerda.

Entré en las venas de la vida aquella tarde. Entré en el misterio torrencial de la vida aquella tarde. Dejé por un segundo de ser un hombre. Dejé de tener un nombre. Me sumé, me sumé, absorto en el paisaje fui llamado por todo aquello que vibraba en la luz. No veía, no oía. Era la luz. Yo era la luz. Mi nombre era sólo una ola más reventada en espuma. Yo era la luz que pisaba la tierra bajo la que las raíces se hinchaban y crecían, era el calor, era los árboles, era las piedras, era el lago y la playa, era la casas, era el río que palpita en el bosque. No tenía pasado, no tenía historia, sólo una ola, sólo el sonido del que está hecho el mundo acariciando mis manos. Dejé de luchar y la vida se dio cuenta y vino a buscarme.

Pero entonces un agudo dolor entró en mi oído, algo así como un silbido de la muerte, algo me llamaba desde muy lejos, algo que venía de realizar un largo viaje, atravesando bosques, atravesando sombras, troncos, cuerpos, ciudades, vidas, hombres, siglos, era la llamada de la caverna, era el instinto pujando en las venas, la herencia de tantas luchas, el legado de los que sobrevivieron, era el grito a través de las antorchas, la danza ante el fuego, los antepasados sosteniéndome por las rodillas, era el reclamo de la especie humana, lo que iguala al hombre con las bestias. Tuve miedo, tuve miedo de perder mi identidad, tuve miedo de desaparecer, y el miedo volvió a poner sobre mi rosto la máscara de Odiseo Ruiz, puso la máscara de mi nombre y fui expulsado de la corriente.

Ahora la lluvia, ahora la tormenta. No, tengo que resistir. Recuerda. Recuerda. Gira la rueda de la vida y regresa atrás. Huye. Puedes elegir, puedes elegir todavía, no puedes dejar de oír pero sí puedes escoger la manera en la que lo afrontas. Resiste. Vuelve. Recuerda cuando llegaste a París con veintitrés años. ¿Por qué volviste? Tal vez hubiese sido mejor que te hubieras muerto allí de hambre, cualquier cosa hubiese sido mejor que esa oficina. ¿Cómo ibas a saberlo? Lo que iba a pasar después, todo eso. Pero vuelve, ahora puedes volver, qué te lo impide, vuelve a París, ¿recuerdas? Oh, ya te veo, olvida la lluvia, olvida la tormenta, olvida los niños, olvida la casa, olvida el ruido, ¿te ves?, ¿te ves?, sí, con aquella gorra gris, siempre con aquella gorra gris y la camiseta negra, paseando a través de los Campos Elíseos, vagabundeando, libre, libre como nunca volverías a serlo. ¿Dónde compraste aquella gorra? Ah, sí, mírate, ahí estás, en los puestos de libros antiguos, a la orilla del Sena. Camina un poco más, luego tienes que caminar un poco más, te vas a alegrar cuando lo veas, hace un par de días que acabas de llegar y ya sabes que en esta ciudad simpre hay algo nuevo por descubrir en cada esquina. Ahora te enciendes un cigarro, ojeas esos libros antiguos, pero escucha, espera, luego tienes que caminar un poco más, vas a ver una de las casas en las que vivió Baudelaire. Todavía debes de guardar esa foto, dónde estará. Ya te veo, con la placa a tu espalda, apoyado en aquella pared, sonriente y libre, libre como nunca volverías a serlo, y la chica que te sacó la foto colocándose el pelo con la mano, era morena, hacía algo de brisa, sonreía. Deben de ser las seis o los siete de la tarde y el sol se refleja contra esa placa. Puedes ver el Sena, el Sena está delante de ti, rodeado de puestos de libros antiguos y de discos y... Ahí estás, <<En esta casa vivió...>> Algo así debía de poner la placa. Luego tienes que caminar hacia allí para verla.

Vienes de Notre Dame, verás la placa y subirás por Saint-Michel. Te internarás en el Barrio Latino, entrarás en una de esas tiendas de recuerdos y mirarás a la dependienta a los ojos, no podrás más que mirarla a los ojos y le explicarás con señas que quieres esa gorra que hay en el escaparate, las señas no te servirán más que para eso, no te servirán para decirle que la quieres porque acabas de ver la casa donde vivió Baudelaire y te lo imaginaste con esa gorra paseando a través de los Campos Elíseos, sabes que todo eso es una tontería, pero estás feliz y eres libre. Sales de la tienda, enciendes otro cigarrillo, ya llevas la gorra puesta, miras a la derecha y a la izquierda, no sabes a dónde ir, pero eso es bueno, porque no tienes que ir a ningún sitio. Te acabarás ese cigarrillo, sin moverte, quieto, sin caminar, detenido, sintiendo el aire de París, la tarde de París enfriándose sobre tu piel. Es agosto. Todavía quedan un par de horas de sol. Acabas de llegar a París, tienes veintitrés años y eres libre. Ahora también lo eres, sí, recuerda, todavía puedes recordar, deja la lluvia, todavía puedes recordar. Puedes elegir. Eres libre, de otra manera, pero eres libre. Vuelve, vuelve a París, vuelve a aquella tarde. Ahí estás, ahí sigues, inmóvil en el tiempo, congelado en el tiempo, has terminado el cigarrillo y te ha quedado algo de tabaco prendido entre los labios porque los Gauloises que compraste no tienen filtro.

Tienes veintitrés años, acabas de terminar la carrera, todavía puedes resistir el ruido del mundo, todavía no te asola como me asola a mí, y estás en París, no regreses de París, no vuelvas de París, quédate allí aunque sea para morirte de hambre. Si supieras lo que sé ahora. Pero mírate, ahí estás, paseando bajo la noche, ya es de noche y la Torre Eiffel brilla a lo lejos. Es el faro del mundo, te dices que es el faro del mundo y sacas tu libreta y apuntas algo en ella. Mañana irás al cementerio de Montparnasse y posarás la gorra sobre la tumba de Baudelaire, mañana irás al museo de los impresionistas, mañana vas a ver los cuadros de Van Gogh y luego posarás la gorra gris sobre la tumba de Baudelaire.

Te recuerdo fumando en Montmartre, has dejado el hotel en la rue La Fayette donde Munch pintó a aquel hombre observando el boulevard, y ahora estás en Montmartre, has alquilado un cuarto cerca de Lapin Agile, aquel cabaret al que iban Modigliani, Apollinaire y Picasso. El dinero se empieza a acabar, abres las ventanas y ves la Place du Tetre llena de gente. Hoy comprarás un caballete, pintura y lienzos y te pondrás a pintar allí.

Olvida la lluvia. Olvida la tormenta. Ahora estás ante los nenúfares de Monet, ahora estás ante las mujeres de

Toulouse-Lautrec, ahora estás frente al pensador de Rodin, ahora estás bajo el Arco del Triunfo. Ahora estás protegido. Sigue, sigue caminando por los Campos Elíseos. Pronto llegará el otoño, el otoño en París, miras los almendros de Saint-Germain-des-Prés, miras las fuentes de las Tullerías, miras las aspas del Moulin Rouge, has quedado allí con Natalie. Al final no vino, tal vez te hayas equivocado de hora. Mañana pintará a tu lado en Montmartre, mañana la verás de nuevo, le darás fuego mientras te explica que estuvo pintando hasta muy tarde y que no pudo llegar a tiempo y luego vendrá Charles con su armónica y su aliento a cerveza. Ahora ya no puedes entrar en la Closerie y sentarte en la mesa de Hemingway, porque un café allí es muy caro. Pero la primera vez que entrase allí te fumaste un cigarro mientras leías una placa pequeña en la mesa que decía *Hemingway*. No estás aquí. No estás aquí; miras el amanecer desde el Sacré Couer, y Natalie apoya su cabeza sobre tu hombro, lleváis toda la noche danzando y danzando por los bulevares y Charles conversa con Fransuá, Fransuá está a punto de quedarse dormido de pie. El sol, ahí está, el sol sobre París.

Ahora estás ante la Venus de Milo, ahora estás ante la Victoria de Samotracia, ahora estás ante la Gioconda, ahora estás ante la Libertad guiando al pueblo. Piensas en al reencarnación, sabes que ya has vivido en París, sientes que ya has estado en París. Paseas por la Place Vendôme, cruzas el Point Neuf; ahora estás a la sombra de la Madeleine, ahora estás frente a Shakespeare and Company y Marcel te lía un cigarro, toma, te dice, ya no te queda dinero para tabaco, estáis hablando de Shakespeare, te habla de Shakespeare y de Kafka, y él te dice que nunca le ha parecido gran cosa, Kafka, Shakespeare, sí, pero Kafka... no estás de acuerdo y te enfadas, pero luego le das una palmada en la espalda y le dices vamos. Dos cervezas, una terraza, Marcel y tú, la tarde cayendo sobre París.

Es el final del invierno. Acabas de gastar lo último que te quedaba en un bocadillo que compraste cerca de la Ópera Garnier.

Ya estás en el avión, te prometes que volverás, ves la primavera inundando las calles de París desde la ventanilla, piensas en las amapolas rojas de Van Gogh.

XX

Qué joven eres. Marcel conduce rumbo al aeropuerto de Gaulle, a su lado Charles mira por la ventanilla cómo cae la noche. Natalie va sentada a tu lado, te dice algo que no podrás recordar veinte años después, ¿qué vestido llevaba? ¿Llevaba el vestido blanco que le descubría las rodillas al sentarse? Vas camino de regreso a casa. Ahora no puedes darte cuenta, pero veinte años después amarás París más de lo que ahora puedes imaginarte.

Cuando estés en el avión recordarás a Natalie desnuda en tu cuarto, sobre la cama, aquella tarde en que comenzaste a pintarla. ¿Quién tendrá ahora ese cuadro? ¿Dónde estará? La luz se filtraba a través de las cortinas blancas y caía sobre ella, llevaba el pelo suelto sobre los hombros delgados y le cubría la nunca. Ahora estás en el avión y sonríes un instante, acabas de recordar a aquel hombre que compró el cuadro porque Natalie estaba a tu lado pintando y quería trabar conversación con ella <<¿Esta eres tú?>>. Ella levantó los ojos del lienzo: <<Sí>>. <<No te hace justicia, pero aún así me lo llevo>>. Vendiste aquel cuadro, eso es lo importante, no venderías muchos más. Nunca fuiste muy bueno, pintabas como muchos otros, no te quiero engañar a estas alturas, aunque tú en realidad ya lo sabías. Lo que te daba algo de dinero eran las caricaturas graciosas que le hacías a la gente, pero eras demasiado orgulloso para estar todo el día con eso y sólo te dedicabas a ello de cuando en cuando. Si verdaderamente te hubieras querido quedar en París un tiempo más, podrías haber probado suerte con eso, no era gran cosa, pero era algo.

Marcel baja la ventanilla y apoya el brazo sobre el hueco que deja al descender, el humo de su cigarro se mezcla con el aire fresco de la noche y se revuelve por todo el coche. Falta muy poco, ya estás llegando.

En el avión llevas los tapones de los oídos puestos, es una precaución que tomaste cuando volabas hacia París y ahora vuelves a adoptarla. Al colocártelos sientes un sonido seco deslizándose, te resulta algo incómodo, pero sólo dura un segundo. Veinte años después no podrás ponértelos ni te servirán de nada. Miras por la ventanilla y recuerdas tu primer vuelo. El avión está a punto de despegar.

Tenías siete años, mírate, ahí estás con siete años. Lloras y gritas y te llevas las manos a los oídos, vas camino de Tenerife y tus padres piensan que el dolor es producto del cambio de presión que se produce al aterrizar. Te dicen que es por eso y que te calmes. Pero tú sabes que no es así. Te dan chicle para mascar. Sientes las turbinas girando dentro de tu cabeza y estás a punto de desmayarte. No pasarás por nada igual hasta muchos años después. Muchos años después ese será tu pan de cada día. Hubo otros incidentes, claro, aquella mañana durante el descanso entre dos clases, cuando tenías doce años. Te subiste encima del pupitre y trataste de desenroscar la bombilla que vibraba sobre ti. Te pusiste de puntillas porque no llegabas, con los dedos de una mano rozando el cristal que ardía y con la otra puesta sobre el oído izquierdo. Resbalaste y tuvieron que darte cinco puntos en la cabeza. Mamá estaba muy preocupada, daba vueltas por el pasillo del hospital, te hablaba a ti y hablaba consigo misma, caminaba de arriba abajo <<¿Pero cuándo te va a venir el sentido?, ¿para qué te subiste a la mesa?>>. Tú la mirabas desde el asiento con la cabeza surcada por una venda de gasa blanca.

XXI

<<Estás seco, cabrón>>. Será como un martillazo, como un golpe inesperado que terminará por partirte en dos el alma. <<Estás seco, cabrón>>, llevarás esas palabras clavadas en la frente muchos años después.

Te golpearán cuando vuelvas del trabajo, de esa oficina de la que sobre todo recordarás el color gris y la lluvia cayendo, y una humedad progresiva entrando en los huesos y estallándolos como una palanca reventando puertas de madera, una humedad no climatológica, sino humana, una humedad colectiva goteando en una estancia llena de mesas y ordenadores y sillas y cables blancos en medio de la cual, la tristeza y la rabia, tocarán siempre la misma canción contra las teclas.

Como una pianola automática sonando perpetuamente en la sombra, allí introducirás datos inútiles, arrastrando la sensación de que no te pagan por ello, sino que lo hacen para poder tenerte allí atado, para poder mandar sobre ti; introducirás datos apretando los dientes y con la sensación de que te pagan a cambio de vejarte, de hundirte más y más la bota sobre el cuello, porque el trabajo será lo de menos, lo importante será poder mandar sobre alguien, poder tener al prójimo cogido por las solapas y zarandearlo hasta partirle los hombros, hasta que ya no valga para otra cosa y haya que decirle <<largo, márchese, ahora sólo le resta a usted morirse, largo, llévese sus cosas>>.

<<¡Largo, y que entre el siguiente!>>. Lo verás más de una vez, sin el ¡largo!, sin el <<¡sólo le resta a usted morirse!>>, pero en lugar de eso una placa y una palmada en la espalda que vendrán a decir lo mismo. A veces también una cena o una comida y un tintineo de cubierto contra el cristal de una copa o de un plato que te removerá el alma, para anunciar las mismas palabras de siempre, <<orgullo>>, <<lealtad>>, <<somos una gran familia>>, <<<compromiso con este proyecto>>, siempre las mismas palabras sucediéndose como paladas que irán cubriendo de tierra al homenajeado. El ataúd se lo habrá fabricado él mismo, día a día, tecleando, ahora sólo faltará que os reunáis todos para lanzarle la tierra encima.

Las sensaciones en esa oficina serán de rabia, de estrés, de tristeza y de tedio y de aburrimiento y de rabia nuevamente. Y cuando ya estés fuera de allí y vayas paseando por la calle, con las manos metidas en los bolsillos del abrigo y relajado, por ejemplo, viendo caer lentamente las hojas de los árboles en otoño, verás algo o recordarás algo o escucharás algo que hará que te asole de nuevo la idea de que al día siguiente tendrás que volver, entonces la sensación dominante será la de una soledad extraña entremezclada con indefensión, una orfandad puesta frente a ti como un muro a punto de derrumbarse y de aplastarte y a cuyo encuentro caminarás día a día en medio de una vastedad grisácea en la que sólo sentirás caer la lluvia. Y te hablo de sensaciones y no de sentimientos, porque aquello será el centro de lo inhumano, de lo vacío, será el grifo colocado contra tu pecho que abrirán y te irá vaciando por dentro.

Allí tendrás sensaciones, sólo eso, como una planta que podan por la noche de improviso.

Los dieciocho años que pasarás allí te devorarán uno a uno, los vivirás con los ojos entornados, entrando y saliendo del sueño, caminando encorvado y arrastrando algo los pies, en un estado de letargo y alerta cansada. Los pasarás escuchando caer la lluvia. Habrá también algo de olor a cemento en cada esquina.

XXII

Volvías del trabajo y estabas exultante por la sorpresa que ibas a darle. Era un día frío y poco soleado, y el frío siempre hacía que te encerrarás en ti mismo, porque contraía los objetos y a veces podías oírlo, pero la verdad es que ese día estabas muy contento, pensando en la sorpresa.

Te subiste el cuello del abrigo al salir de la inmobiliaria y apretaste contra ti la foto de esta casa, que llevabas en el bolsillo. <<Cuando la vea...>>, pensaste, y tomaste aire, hinchando mucho el pecho, el aire estaba frío, pero no importaba, notaste un ligero quejido en los huesos, pero no importaba. Suspiraste con ganas, suspiraste con satisfacción y te dirigiste derecho a casa.

Revoloteaban hojas por todas partes, el otoño se iniciaba y por las mañanas ya estaba comenzando a dejar algo de rocío helado delante de las casas y sobre la hierba del parque.

Subirás por esas escaleras con el corazón henchido de orgullo. Escogerás las escaleras en lugar del ascensor porque estarás exultante y porque la noche anterior no podrás dormir con la emoción, y te la pasarás entera en la sala leyendo uno de esos libros de medicina que tanto te gustarán y en los que tratarás de hallar una respuesta al mal que te aqueja y que año a año aumentará lentamente pero sin pausa, hasta desbocarse y volverse ingobernable. <<Nada hay mejor para el corazón que subir escaleras todos los días>>.

Te estoy contando todo esto para decirte: <<alto>>, para decirte: <<no subas más y da la vuelta>>. Te casaste con Clara, te casarás con Clara. Pero ahora escúchame, tienes que dar la vuelta. Aprieta bien la foto de esta casa y vete. Date la vuelta ahora mismo y vete para siempre. No sigas subiendo.

Pero subirás.

Abrirás esa puerta. Entrarás en la cocina recién fregada y te aproximarás a Clara muy lentamente por detrás, la cogerás por la cintura y tratarás de besarla en el cuello. <<Quita hombre, no ves que estoy fregando>>. Todavía tienes la oportunidad de marcharte, todavía no es tarde, pero no lo harás. No sabrás identificar las señales, no querrás darte cuenta y le dirás <<mira>>. Ella se dará la vuelta. Ahí estás, ahí estarás con la fotografía de esta casa sostenida en la mano frente a ella, todavía no te has quitado el abrigo ni posado el maletín marrón en el suelo. Esperas un abrazo, esperas su cuerpo saltando hacia a ti y besándote. Todavía tienes la oportunidad de guardar la fotografía en el bolsillo y marcharte de allí. No querrás identificar ese silencio, largo, hondo, y después, <<¿y eso, qué es?>>, se quitará un guante, luego el otro y cerrará el grifo.

—¿No te gusta?

—¿Para qué? No entiendo.

—Pero mira, ¿ves?, la he comprado esta mañana. Una ganga. Está sólo a ochocientos metros de la playa y es todo cuesta abajo; aquí no se ve muy bien, pero este fin de semana si quieres vamos a verla y llevamos algunas cosas, ¿eh?, no me digas que no es bonita. Para nosotros y para los niños.

—¿Pero qué niños? ¡Si no tenemos!, ¡si no podemos tenerlos! Estás seco, cabrón, ¿no ves que está seco?

—Cállate.

—¡Estás seco, cabrón! ¡Estás seco!

—¡Y tú estás podrida por dentro, por eso no puede salir nada de ti!

Lo dirás sin pensarlo, saltará contra ti y comenzará a darte puñetazos en el pecho, <<eres un hijo de puta, eres un hijo de puta>>. Tú ya estarás en otro punto, muy lejos, tú ya te habrás marchado, verás la escena como desde fuera, como si no fuerais vosotros. Pero escucharás esas palabras repetidas, mientras notas algo contra el pecho, un golpeteo sordo y salvaje, se repetirán en tu cabeza, <<estás seco, cabrón>>, esas palabras terminarán por partirte en dos el alma.

Dejó de golpearte. Tenía las manos enrojecidas y comenzó a reírse, abrió mucho los ojos, furiosos y comenzó a reírse. <<Estas seco, cabrón, estás seco>>. Había descubierto cómo golpearte mejor. <<Estás seco, hijo de puta>>. Acercaba la cara y se reía. <<Estás seco, seco, cabrón, hijo de puta>>. Escupía al decirlo. Lo repetía y lo repetía, cambiando el tono cada vez, te lo decía entre carcajadas, luego dejaba de reírse y lo repetía abriendo mucho la boca, deteniéndose en las palabras y volvía a reírse. Después se desbocó y le faltó el aliento. Te siguió hasta la puerta repitiéndotelo, doblando mucho las rodillas y apretando los puños, golpeando el suelo en lugar de pisarlo.

Vinieron meses de silencio hasta que encontró otra casa. Un silencio violento, salvaje, ruidoso, denso, un silencio invasivo, lleno de desprecio. Eso será lo último que recuerdes de ella, ese silencio, y los ojos abiertos, furiosos, desplegados, aquella risa, aquella sed ansiosa y brutal de reventarte el pecho para ver dónde tenías metida el alma y partírtela.

XXIII

Dos niños caminan por el campo de trigo hacia la colina. Cuando ven a lo lejos al niño del pelo rojo, que los saluda moviendo la mano en amplios gestos desde la cima, se paran.

—Mira, mira —le dice el pequeño, de unos seis años, tirándole del bajo de la camiseta al mayor, que tendrá diez.

—¿A dónde vaaais? —les grita el niño de gafas desde la cima de la colina.

—Tú tranquilo —le dice el mayor al pequeño y lo coge de la mano—.... Venga.

Los dos niños comienzan a subir por la suave pendiente de la colina.

—¡Vamos al bosque! —grita el mayor.

—Mirad qué pringados, de la manita —comenta el de gafas y los demás ríen.

Los dos niños siguen subiendo. El mayor avanza algo inclinado hacia adelante para contrarrestar el peso de la mochila.

—Así que al bosque, ¿eh? —les dice el niño del pelo rojo saliendo a su encuentro. El pequeño los mira a todos con los ojos muy abiertos.

—Sí, ahí —contesta el mayor, señalando hacia el bosque que se levanta a la espalda de mi casa.

—¿Y de la manita? Claro.

—Jajaja.

Oigo que el mayor le suelta la mano al pequeño.

—No os riáis, hombre, que está muy bien cuidar así de un hermanito —dice el niño del pelo rojo, revolviéndole el pelo con la mano al pequeño. Éste alza la vista y lo mira a los ojos, abre un poco la boca, como si fuera a decirle algo, pero enseguida baja la mirada y comienza a hurgar con el pie derecho en la hierba.

—¿Y a qué vais? —pregunta el de gafas.

—Pues...

—Vamos a coger hojas para nuestra colección —dice el pequeño levantando de nuevo la cabeza.

—¡Ah!, para vuestra colección. Vaya. ¿No me digas? Para su colección, ¿oísteis, muchachos?, para su colección.

—Jajaja.

El pequeño empieza a ponerse rojo.

—¿Y no eres tú ya mayor para andar cogiendo hojas por ahí? —le dice el niño del pelo rojo al mayor, señalándolo con el dedo.

—¡Eso es de pringados! —grita uno.

—Calla. Dime, ¿no eres ya mayor? Y llevar a tu hermanito a eso...

—Sí, eso es un coñazo.

—Con este calor, además. Pero verás... estás de suerte, tú cuidas de tu hermanito y yo cuido de vosotros dos. Déjame la mochila, a ver si vais bien preparados. Porque con este calor, ¿verdad, chicos? Nosotros precisamente nos bebimos hace nada una botella entera de agua. Allí tirada está.... ¿Llevas agua ahí? A ver déjame ver.

El mayor se descuelga la mochila y se la da al niño del pelo rojo que se la coloca entre los pies para sujetarla.

—Veamos —dice, mientras abre la cremallera inclinado sobre ella—. Anda mira, una bolsa con dos sándwiches, ¡y hasta trae una nota!

El niño del pelo rojo extrae la bolsa transparente de la mochila, la abre y saca la nota, mientras la gira para leerla le lanza la bolsa con los sándwiches a otro niño.

—¡Dámela! ¡Eso no es tuyo! —grita el pequeño alzando los brazos.

—Para —le dice el mayor.

—No, no, déjalo. Tu hermanito tiene más narices que tú, tendría que darte vergüenza. ¿Qué quieres, niño? ¿La nota o los sándwiches? —le pregunta el niño del pelo rojo subiendo y bajando el papel, acercándolo y alejándolo de las manos del pequeño que da saltos intentando cogerlo.

—Dámela, dámela.

Los demás observan la escena, divertidos, mientras comen los trozos de sándwiches que ya se han repartido entre ellos.

—Dámela, dámela. Eres un tonto. Dámela.

El niño del pelo rojo le da la espalda al pequeño, que sigue intentado quitársela, y lee la nota.

—Acordaos de enjuagaros la boca después de comer. Un besito... ¡Mami!

—Jajaja.

—¡Un besito, mami!

—Jajaja.

El pequeño deja de saltar.

—Léela, ¡léela otra vez!

—Acordados de enjuagaros la boca después de comer...

—Jajaja.

—Un besito... mua mua. Mami.

—Jajaja.

—Este se atraganta.

—Ay que me muero.

—Jajaja.

—Qué bárbaro, muchachos, qué bárbaro.

—Jajaja.

—Mami.

—No, no, que se está poniendo rojo.

—¡Eh!, para, para, es verdad, ¡que no respira!

—Parece un tomate, dale, dale en la espalda.

El niño corpulento le da un golpe fuertísimo en la
espalda al que se está asfixiándo y un trozó de sándwich
medio masticado sale disparado de su boca con el impacto.

—¡Dios!

—¡Qué bárbaro!

—Casi te rompe el clavicordio.

—¿Estás bien?

—¿Estás bien?

—Sí, sí. Me ahogaba.

—Qué bruto eres, Tartaja.

—Se-se estaba ahogando.

—Me ahogaba, Tartaja, me ahogaba —le dice el que se había atragantado, poniéndole la mano en el brazo al niño corpulento.

—Mira de la que acaba de salvarte éste, eh, ¿no te decía yo que iba a cuidar de vosotros? Ese sándwich estaba destinado para ti, amigo —le dice el niño del pelo rojo al mayor—. Y aún encima si os tenéis que enjuagar la boca... vaya, ahí sí que tenemos un problema. Menos mal que estábamos nosotros aquí, eh, chicos.

—Sí, menos mal.

—Sí, menudas piedras cocina tu madre.

—No, su madre, no, su.. mami.

—Sí, su mamaíta.

—Yo diría que ese sándwich es de los que hace la madre de éste, eh —dice el niño del pelo rojo señalando al que tiene la cabeza vendada.

—Jajaja.

—Buah, qué cabrón.

—Bueno, bueno... Chicos, el problema está muy claro. Hace un calor tremendo.

—Sí, es verdad.

—Sí.

—Y aún encima os tenéis que enjuagar la boca. Lo dice vuestra mami —el niño del pelo rojo señala la nota—. Así que os va a hacer falta mucha agua.

—Mucha, sí.

—Mucha, mucha.

El niño del pelo rojo se inclina sobre la mochila y escupe dentro.

—¡Tonto! —le grita el pequeño.

—Bueno, bueno, ya sé que con esto no llega. Vamos, chicos, tenemos que contribuir todos un poco, eh.

—Sí, sí.

—Jajaja.

—Venga, id pasándola.

—Trae, trae.

—Toma.

Los niños se pasan la mochila unos a otros y escupen dentro.

—Jajaja. Dámela, dámela.

—Toma.

—¡Vaya río!

—Jaja.

—¡Menuda riada!

—¡Sacad el paraguas, que llueve!

—Jajaja.

—Listo. Ahí la tenéis, llenita —dice el niño del pelo rojo señalando la mochila en el suelo.

—¡Eso os da bien para otra cantimplora!

—Jajaja.

—Menuda tromba, muchachos, menuda tromba —dice uno, sacudiendo la mano y riendo.

—Sí, sí.

—Jajaja.

XXIV

Me gustaría estar tumbado en la arena, ahí, en la playa, con la camisa blanca abierta y la tarde cayéndome sobre el pecho mientras fumo. Tras un buen baño tal vez, con la mano izquierda bajo el pelo mojado y mirando al cielo... estar tendido en la arena, con la tarde muriéndome sobre el pecho poco a poco, sintiendo cómo se enfría el mundo, cómo llega la noche a través de las aguas.

Y si pudiera estar con ella....

Natalie vendría desde la casa a buscarte, <<vamos, es tarde>>, se inclinaría hacia a ti para besarte y tenderte la mano, <<vamos>>, el olor de su pelo recién lavado fundiéndose con la brisa del mar, <<vamos, que se me riza el pelo>>. Sus pies desnudos en la arena, tu mano en la suya después de tantos años...

Natalie puede venir, vendrá, te dijo por carta que vendría a verte... Pero si no puedes ni siquiera salir de esta casa, si estás preso en la segunda planta, preso en tu cuarto y sin poder salir, si no eres más que un clavo hundido en estas tablas, si no eres más que una piedra hundiéndose en el mar, el mar que te envuelve y te golpea, el aire que te envuelve y te golpea, la vida que te envuelve y te golpea. Si no puedes ni siquiera salir a recibirla. ¿Qué harás cuando venga? No podrás.

Y si te viera así...

Así no puede verte, luchando y luchando, contra tu sangre, contra el latido de tu propio corazón, contra la brisa en las espigas, contra el calor que dilata las tablas de la casa, contra la tierra que se seca y contrae otra vez tras la tormenta, ¿tras la tormenta?, tú vives en la tormenta, tú siempre estás en la tormenta, aun en la calma estás en la tormenta. Acosado por todo, hasta por ti mismo, acosado por este empeño terco en resistir, resistir para qué y para quién, no por qué, sino para qué y para quién, resistir hacia dónde. Ella no puede verte así...

Tienes que resistir, que esto no te venza, vamos, levántate, levántate con toda la fuerza de la tierra, junta toda tu vida en este instante y levántate, levántate aunque sólo sea para caer de nuevo, tienes que ser la piedra de tu propia honda, lánzate hacia ti mismo recógete y levántate.

Pero toda tu vida consiste en resistir, echar el suero en el agua y resistir, mirar por la ventana y resistir, seguir respirando y resistir, temer el ruido y resistir.

No, no, vuelve a Natalie. Natalie, esos ojos. Resiste en esos ojos...

Natalie, qué jovenes éramos... Aquella cafetería de París... Qué jóvenes erais.

XXV

Je m´appelle Odiseo, je suis espagnol et... Te costará decirlo, arrastrarás las palabras. Ella te mirará curiosa, desde un mundo que nunca terminarás por desvelar del todo.

Recordarás esos ojos veinte años después. Olvidarás la frente y las mejillas, olvidarás las orejas y la boca, olvidarás los labios, sólo recordarás de ellos un rastro de calor breve evaporándose sobre los tuyos, y el corazón inundándote el pecho, el corazón derrumbándose en el interior pecho, pero esos ojos... Recordarás esos ojos profundos, color almendra, pero no por el color, el color será lo de menos, esos ojos viniendo hacia a ti como dos olas. Olvidarás el resto, olvidarás los muslos, los trazos, las muñecas, el vientre, los tobillos, las manos, los confundirás, se te mezclarán con otros, ¿cuántos lunares, dónde?, pero esos ojos... recordarás esos ojos profundos con los que ella te dirá <<yo vengo de un lugar que tú no conoces todavía>>. Tratarás de colarte por ellos. Lo olvidarás todo, todo salvo esos ojos, ¿el pelo lacio y moreno sobre sus hombros desnudos?, conservarás el tacto, ¿la piel suave y huidiza como el agua?, conservarás el tacto, algo del tacto, pero esos ojos... Te costará describirla veinte años después, habría que ser un poeta o un gran pintor. Tal vez un cuadro de Chirico, ese con el callejón, pero en lugar de las sombras, todo lleno de flores estallando, amapolas rojas de Van Gogh incendiadas de luz, cayendo por todas partes, rodando por ese callejón de Chirico, levantándolo a fuerza de luz y más luz. Sería necesario un Chirico y un Van Gogh mano a mano pintando ese cuadro y entonces podrías señalarlo y decir <<Es ella.>>.

Te costará describirla veinte años después porque el misterio no puede ser descrito, sólo es posible señalar el lugar en el que se halla y decir <<ve allí y míralo tú mismo>>, sólo puede ser mostrado, pero nada más. Y ese lugar no será una ciudad, no será París, no será una acera ni una calle ni una casa. Ese lugar estará por detrás de la piel suave y huidiza que desnudarás en silencio al contemplarla, <<¿qué haces, tonto>>, siempre que te quedabas en silencio mirándola desnuda, se reía y te decía, ¿qué haces, tonto?, y se llevaba la mano volando hacia la cara y hacia el pelo. Buscarás ese lugar desde el que descubrir su misterio durante varios meses, lo buscarás con los ojos, con el cuerpo, a tientas, con las manos, con toda tu vida levantada en la sangre.

Je m´apelle Odiseo, je suis espagnol, et... Te avergonzarás al escucharte y te avergonzarás todavía más cuando notes que las orejas están comenzando a ponérsete rojas. Ella ladeará algo la cabeza y te interrumpirá sonriendo <<Háblame en español, yo también estudio español, como Marcel, así aprendo>>. <<Así aprendo>>, lo dirá observándote, estudiándote, tú harás lo mismo, te sobrepondrás a la vergüenza de antes y harás lo mismo, ¿quién de los dos desvelará antes el misterio que albergáis cada uno? <<Así aprendo>> y sonreirá de nuevo, delicadamente, pero para embelesarte, cruzará las piernas, dará un trago lento a la cerveza, mientras te mira desde el borde del vaso inclinado. <<Así aprendo>> y sonreirá para que bajes las defensas y cogerte desprevenido, pero tu dejarás la vergüenza atrás, tomarás el desfio por las riendas y harás lo propio. Entonces abrirá el bolso y sacará un pitillo, esperará con el suspenso en la boca un segundo, parecerá más, pero sólo será un segundo y te desmontará toda la estrategía, ya has caido, te ha ganado la partida, cuando veías el pitillo asomar a la altura de su vientre ya estabas derrotado, cuando tanteaste dentro del bolsillo y sacaste a toda velocidad, lo más rápido que pudiste, el mechero para darle fuego, perdiste la batalla. Ahí está, con el pitillo en la boca, victoriosa, y tú dándole fuego, ya antes de que ella lo tuviera entre los labios tenías el mechero preparado, se ha dado cuenta. Te mira y te está diciendo con los ojos <<he ganado, has mostrado las cartas y te he ganado>>. Hecha el humo hacia el techo de la cafetería y se lleva el pelo hacia atrás. Ves su perfil levantado en el aire y ella lo sabe y demora el gesto. Da otro trago lento y vuelve a mirarte... Esos ojos.

XXVI

—¡Le has vuelto a robar el carro al viejo, eres un fenómeno!

—Claro, es que el viejo está gagá —dice sonriendo el niño del pelo rojo—; no sé qué miedo le tenéis —se mete las manos en los bolsillos y le da un ligero toque con el pie al carro situado delante de mi casa.

—¡Está gagá!

—¡Sí, el viejo está gagá!

—Chochea, el pobrecito, de tanto sol —comenta sonriendo el de gafas.

—Jajaja.

—¿Qué e-es eso?

—¿El qué?

—Lo de cho-chochea.

—Pues que está gagá, que no rige. Jobá, macho, qué burro eres Tartaja.

—Sí que eres un poco burro, amigo.

—Ca-callaos.

—Eso lo sabe hasta el primo del Chancleto.

—El primo del Chancleto todavía se come los mocos.

—Sí, jajaja.

—Y se saca el rigodón y canta mientras mea: Rigodón, rigodón, rigodón mañanero.

—Jajaja

—¡Rigodón, rigodón, rigodón mañanero! ¡Rigodón, rigodón, rigodón a regar! ¡Rigodón, rigodón, rigodón que me meo! —comienzan a cantar.

—Jajaja.

—El otro día lo vi meando en la playa contra el viento.

—Jajaja.

—Perdidito se puso.

—¡Menudo bautizo!

—Parad, muchachos, parad, que se me rompe el clavicordio.

—Jajaja.

—El que se saca el rigodón es el abuelo del Lucas.

—Ah, sí, sí. Abre la gabardina y ¡zasca!, rigodón a volar.

—¡Y lo hace girar!

—Es un molinillo.

—Jajaja.

—Y mi madre me dice, no te acerques al abuelo de Lucas, si lo ves venir por la calle con la gabardina puesta, te alejas.

—¡Sí, mi madre también me lo dice!, me dice, no te acerques al señor Eustasio, y yo le pregunto, por qué, aunque ya sé por qué, pero yo se lo pregunto y ella se pone roja y se da la vuelta y se marcha por el pasillo mientras me dice, tú no te acerques y listo, te lo digo yo y listo.

—Jajaja.

—El otro día se quedó dormido en un banquillo del parque, tumbado, con la gabardina abierta y todo el rigodón al aire, y vino la policía y se lo llevó.

—Jajaja.

—Y míralo que dormía como un angelito, el condenado, le contaba mi tío a la frutera, y la frutera se santiguaba y decía, ay Dios mío no sé a dónde vamos a llegar.

—Es que el abuelo del Lucas bebe más que la madre de este —dice el niño del pelo rojo señalando al de la cabeza vendada.

—Jajaja.

—Pues el otro día les enseñó el rigodón a las amigas de mi hermano en la playa, y él y sus amigos estaban jugando al voleibol y lo vieron y le dieron una buena tunda. Seco lo dejaron.

—¿Sí?

—Sí, sí, tirado en la arena con todo el rigodón al aire se quedó.

—Jajaja.

—Lo despertó un socorrista, que si no se lo lleva la marea.

Los niños callan. Miran alternativamente hacia el carro y al más pequeño de ellos. Éste sonriendo les dice:

—Está bien, muchachos, me monto, pero no me tiréis por la cuesta.

—¡Vamos, vamos!...

Los niños vacían a toda velocidad el carro y el más pequeño se sube, sentado en el carro y agarrado a los laterales de éste, alza de repente un brazo.

—¡Tiradme por la cuestaaa! —grita, señalando con el dedo hacia el campo de trigo.

—¡Sí, sí!

—Empújalo tú, Tartaja —le dice uno al más corpulento, éste se sitúa detrás del carro, con la espalda a unos pocos centímetros de mi puerta, y le da impulso con todas sus fuerzas.

—¡A-Ahí va! —grita.

El carro comienza a rodar colina abajo, las ruedas chirrían con el movimiento cada vez más acelerado mientras van aplastando hierbas y hormigas a su paso.

—¡Vuelca! ¡Vuelca! ¡Vuelca! —gritan los niños, subiendo y bajando los brazos, a medida que el carro coge más velocidad. El sudor envuelve sus rostros enfervorecidos y el calor de la tarde les dilata los poros de la piel— ¡Vuelca, vuelca, vuelca!

—¡Geróoooonimoooo! —va gritando el niño montado en el carro. La rueda izquierda delantera tropieza con una piedra y el carro se levanta en el aire y vuelca. El niño sale despedido y aterriza al final de la colina, contra las espigas.

—¡Vaya leche!

—¡Vamos, vamos!

—Jajaja.

Los niños corren colina abajo.

—Ay, ay, mi brazo —dice el niño, mientras las ruedas del carro volcado siguen girando en el aire.

—¿Estás bien?

Todos se arremolinan en torno a él. El niño les enseña el brazo.

—A ver, déjame ver.

—Aparta.

—No me empujes.

—¿Te duele?

—No.

—Casi te matas, macho.

—No es nada.

La tierra se pega a su codo ensangrentado. El niño se levanta. Oigo la mano contra su rodilla al ponerse en pie.

—¡Vamos al pueblo a por unos helados! —dice uno.

—¡Sí, sí, vamos!

Los niños se alejan animados entre las espigas.

—Yo helado no quiero, que luego no tengo hambre.

—Tú eres tonto.

—Pues yo me voy a comer dos.

—¿Dos?

—Vaya leche que te has pegado, eh.

—¿Sabéis? —dice el niño del pelo rojo— después de comer a lo mejor traigo la escopeta de mi padre... Cuando esté echando la siesta se la cojo, y venimos aquí.

—¡Sí, sí!

—No sé, —dice uno—... a lo mejor no puedo.

—Bah, ¿qué tienes que hacer? —pregunta el niño del pelo rojo—, si estamos de vacaciones.

—Nada...

—¿Entonces?

—Sí, no seas tonto, vente.

—¿Qué te da miedo, la escopeta?

—No, no, qué va. Yo vengo, sí... Es que no me acordaba bien de si tenía que hacer algo, y me parecía que sí, pero no..., era otro día, ¡me confundí!

—Bien —dice el niño del pelo rojo, poniéndole la mano sobre el hombro.

XXVII

Los oigo murmurar entre las espigas. De repente, un tremendo estruendo rompe la tarde. Es una detonación. Ahora respiran agitadamente. Son diez, tal vez once niños, el sonido de sus corazones desbocados se confunde con los latidos del mar.

—¡Lo has reventado! qué bárbaro, ¡le has dado de lleno! —da una palmada y ríe— Lo has reventado, ¡seguro! ¡Qué bárbaro chico, ha saltado por todas partes!

—Claro, y qué esperabas —dice el niño del pelo rojo. Le duele el hombro, se lleva la mano al hombro disimuladamente, hace que se rasca, sólo un segundo, es un acto automático, enseguida se detiene por si los demás se dan cuenta, pero está claro que el golpe del retroceso le ha dolido, lo ha empujado varios centímetros hacia atrás, no lo ha tumbado de milagro.

—Casi te matas, macho —dice el que lleva la cabeza vendada, sonriendo—. ¡Pum! —imita el gesto del disparo y hace que se tambalea hacia atrás. Los otros ríen —. ¡Pum! ¡Pum!

—¿Le he dado o no le he dado? —se callan.

—Sí, pero...

—¡Vaya que si le has dado! No le hagas caso a éste... ¡Lo has hecho papilla! Lo que pasa es que te tiene rabia por que el otro día lo dejaste bien seco de una pedrada.

—Sí, sí, papilla —dice otro—, ¡purita papilla!

—Sí, lo he hecho papilla, ¿verdad? —les guiña un ojo y todos ríen, salvo el que tiene la cabeza vendada, que hunde las manos en los bolsillos y da una ligera patada a las espigas.

—Ese gorrión, ¡el viejo ya no se lo come! —todo el grupo estalla, entonces sí, en una enorme risotada.

—No, ya no vale ni para hacer sopas.

—¡Qué bárbaro, chico, qué bárbaro!

La risa retuerce los rostros, uno se tira al suelo y se sujeta el estómago con las dos manos, como si se le fuera a salir del cuerpo <<¡Qué bárbaro, chico, qué bárbaro!>>, dice, imitando al otro.

—¡Espera, espera! —dice el que lleva la cabeza vendada, y abandona el grupo corriendo en círculos y haciendo con los brazos como que vuela.

—Pum, ¡pum!, pum, ¡pum!, ¡pum! —le gritan los otros entre carcajadas, simulando con las manos que le disparan, como cuando juegan a los vaqueros, y él aparenta que le han dado y se tira rodando sobre las espigas.

—¡Menudo pájaro estás hecho!

—Jajajaja —la risa es grupal, no se sabe ya a quién pertenece cada matiz o de qué manera contribuye cada uno a ella, es una sola boca, un solo rostro enrojecido, los torsos se hinchan y desinchan arrítimicamente, invadidos por el aire que inunda los cuerpos agitados, son diez, tal vez once, no acierto a contarlos, el sonido de sus corazones se confunde con los latidos del mar.

Una débil brisa de aire caliente sacude las espigas quemadas bajo el sol de la tarde. Los que están tirados en el suelo se incorporan sin sacudirse la tierra seca que se ha adherido a sus pantalones y a sus camisetas mientras rodaban. La congestión inunda los rostros aún descompuestos y su huella se deja ver en las mejillas enrojecidas, y en las frentes llenas de gotas de sudor. Se alinean.

Están alineados, unos al lado de los otros, todos con las manos colocadas haciendo sombra sobre los ojos para tapar las embestidas del sol.

—Tuvo que ser sobre el tejado.

Embriagados por la emoción de la caza, buscan con los ojos alucinados y brillantes el lugar en el que ha caído el gorrión. Permanecen en silencio, muy concentrados. Quietos como estatuas, pero agitados por dentro, removidos por el ansia de ver qué efectos concretos ha producido el disparo sobre el cuerpo del pájaro.

—No, sobre el tejado no, porque lo partió en dos —murmura uno sin despegar la mano de la frente.

—¿Y eso qué tiene que ver? —le responde otro, sin mirarlo, y con los ojos hundidos en mi casa. Yo me agacho bajo la ventana y sostengo desde el suelo un espejo de mano para verlos reflejados en él.

—En dos no, en muchas partes, ¿no ves que lo reventó?

—Sí, le dio de lleno —siguen en fila, unos al lado de los otros, como en un pelotón de fusilamiento, quietos, observando.

—No, fue en dos partes, las vi caer, una sobre el tejado y la otra..., la otra más allá de la casa —. Estoy débil, el hombro se me cansa. Apoyo un poco la mano sobre el alféizar y giro lentamente el espejo para volver a enfocarlos.

—Hice canasta. El tiro fue limpio. El pájaro cayó por la chimenea, está dentro —dice el niño del pelo rojo, señalando con la escopeta. Todos bajan las manos y comienzan a murmurar entre ellos. El niño del pelo rojo permanece callado y pensativo—. Esto es lo que vamos a hacer —dice—, vamos a entrar y vamos a coger ese pájaro o lo que quede de él y....

—¿Y para qué?, ¿para comértelo, como el viejo loco? — comenta uno, y todos estallan en una enorme risotada, menos el niño del pelo rojo.

—¿Qué has dicho? ¿Yo?... no, tú..., tú vas a ser el que te lo vas a comer —y lo señala con la escopeta. Todos callan.

—¿Cómo?

—Sí. Esto es lo que vamos a hacer. Vamos a entrar ahí, vas a coger el pájaro, nos vamos a sentar a la mesa, y tú te lo vas a comer, y vamos a ver cómo te lo comes enterito, ¿entiendes?

—¿Y el que vive ahí? —los demás permanecen en silencio, formando ahora un círculo en torno al niño del pelo rojo y al otro, mirándolos. Uno de los que integran el círculo dice, tímidamente, en voz baja y nervioso: <<Vamos..., está de broma, no ves que...>>. El niño del pelo rojo lo mira sin dejar de apuntar al otro y el que acaba de hablar se calla y baja los ojos.

—No es tan difícil de entender, creo yo —baja el arma—, ¿verdad? —abandona el círculo con la escopeta apoyada sobre el hombro, se mesa los cabellos rojizos, da unos pasos y se gira hacia ellos señalando la casa—. Entramos, tú coges el pájaro, nos sentamos a la mesa y esperamos a que te lo comas todito, creo que está bastante claro, ¿no? Además, ¿no eras tú el que decías que ahí no vive nadie?, pues entonces, ¿qué problema hay? Y si vive alguien ahí, es un cagado y un chalado de remate. El otro día vine aquí y le planté fuego delante de la casa y no salió a decir ni pío, es un mierdas y un loco, ¿entendéis? ¿Entiendes? —los mira a todos y a él fijamente, éste apenas se atreve a decir: <<A lo mejor es que no estaba en casa y...>>, lo dice mirando al suelo y se calla.

El niño del pelo rojo sonríe y les da la espalda.

—Lo que pasa es que no tenéis lo que hay que tener, yo estuve aquí, yo solo le robé el carro rojo ese que veis ahí al viejo loco que habla con los árboles, y con algunas cosas que había dentro monté un hoguera para que saliera el chalado, y el chalado no salió, y no salió porque sabe que no tiene más narices que yo, y como me parece que tú tampoco tienes más narices que yo, vamos a entrar ahora ahí, vas a coger el pájaro, y vamos a ver cómo te lo comes, ¿entiendes? —el otro asiente—. Bien —el otro vuelve a asentir, muy despacio, como a cámara lenta, aunque ya nadie le está hablando.

El niño del pelo rojo regresa al grupo con la escopeta sobre el hombro, mientras el otro vuelve a asentir, esta vez rápida y nerviosamente, como si tratara de autoconvencerse, de infundirse fuerzas. El niño del pelo rojo posa la escopeta en la tierra, saca un chicle del bolsillo, tira el papel entre las espigas y comienza a mascarlo. Los otros niños se colocan en semicírulo, en torno a él, como si ese gesto representara algún tipo de señal previamente acordada y conocida entre ellos.

—Eso es lo que vamos a hacer —dice.

XXVIII

El niño del pelo rojo está acuclillado junto a los demás, dibujando con un pequeño palo algo sobre la tierra mientras les habla, trazos que supongo obedecen a algún tipo de mapa o plano.

—Tú te pones aquí, y tú, allí, junto a aquel árbol. Así tenemos toda la perspectiva cogida —les dice.

El palo se parte y el niño del pelo rojo sigue dibujando con el dedo, hundiéndolo en la tierra.

—¿Veis? —pregunta el niño del pelo rojo. Todos a su alrededor asienten—. Bien —se pone en pie, se sacude las manos y escupe el chicle sobre las espigas. Los demás se levantan.

El que tiene la cabeza vendada abandona corriendo el grupo, se detiene delante de las cosas volcadas del carro y coge una botella de plástico.

—¡Aquí está, ya la tengo! —les grita, levantando la botella en el aire.

—¡Bien! ¡Tráemela! —le grita el niño del pelo rojo—. Con eso vamos a abrir esa puerta —les dice a los demás señalando hacia mi casa—. Vosotros id poniéndoos donde os dije.

—Sí, sí.

—Tú, espera; pásame el llavero ese que tienes con la navajita.

—¿Ya?

—Sí...

—Vale.

—¡Pues dámelo!, ¡a ver! —grita el niño del pelo rojo.

—Toma, toma.

—Aquí tienes la botella —le dice el niño de la cabeza vendada, acercándose al niño del pelo rojo.

El niño del pelo rojo coge la botella, oigo el sonido de sus dedos apretando el plástico.

—En esta metí yo el otro día un grillo que cacé por allí arriba, para darle una sorpresa al viejo, ya no está... se lo debió de comer —dice.

—Jajaja.

—Qué genio.

—Como tú te vas a comer ese pájaro —dice el niño del pelo rojo, sin levantar la vista, abriendo la navaja del llavero y clavándola en la botella de plástico con esfuerzo —; ¿no te ríes de eso?, vaya, antes te reías mucho.

El niño del pelo rojo continúa recortando la botella con la navaja.

—Ya está, con este trozo de plástico abrimos la puerta —dice, observando el plástico a contraluz—. Bien —cierra la navaja que cuelga del llavero y se lo devuelve al niño que se lo dejó—. Toma.

—Sí, ¡yo eso lo vi en una película! —comenta uno— Pasas el plástico así, de arriba abajo y ¡zas! —baja el brazo —, salta el cerrojo.

—Bueno, pero hay que saber —dice el niño del pelo rojo—; yo ya lo hice varias veces para abrir el cobertizo de mi padre.

—¿Sí?

—Claro.

—¿Varias?

—Pues claro. ¡Vosotros seguid ahí vigilando! —grita el niño del pelo rojo— Vamos a abrir esa puerta.

XXIX

—¡Traga! ¡Traga! ¡Traga! —le gritan, golpeando frenéticamente con los puños la mesa de madera del comedor. Él devora el gorrión, deteniéndose sólo para escupir algún perdigón sobre el plato. <<Traga, traga, traga>>, lo animan, como a un corredor a punto de alcanzar la meta.

Cuento tres perdigones, dos caen sobre el plato y otro choca contra la mesa y rueda unos centímetros sobre los tablones de madera del suelo. La puerta de la casa está abierta y el aire caliente de la tarde penetra en la estancia y asciende hacia mi cuarto arrastrando el olor de las algas varadas en la playa.

Cuando termina de comer, hace ademán de levantarse de la silla; el niño del pelo rojo se acerca a él, se sitúa a su espalda, le pone la mano sobre el hombro para frenarlo y le susurra al oído: << a partir de ahora te llamarás el Gorrión>>.

—¿Oísteis?, ¡a partir de ahora le llamaremos el Gorrión!

—Sí, sí, el Gorrión —responden todos—. El Gorrión, sí —y comienzan a reír y a dar palmadas.

El Gorrión no se levanta. Saca una servilleta de papel del servilletero y se frota las manos contra ella, tratando de limpiar los desperdicios que siguen anudados en sus dedos. No hay manera de librarse de esos restos y vuelve a intentarlo, esta vez, restregando las manos contra la superficie rugosa de la mesa y contra las patas de la silla, cada vez más rápido. <<¿Qué pasa, Gorrión, es que quieres volar?>>, le dice uno de ellos y todos vuelven a reír.

El niño del pelo rojo se acerca a la vitrocerámica, coge un paño de cocina del colgador y se lo arroja. <<Toma>>. El Gorrión lo observa, sentado aún en la silla, con los brazos colgando a ambos lados del cuerpo, como muertos, mira el paño de cocina arrugado frente él, sobre la mesa, y permanece durante unos segundos con la mirada ausente, <<pero vamos, límpiate, no ves que das as-quito>>, le dice uno de ellos, llevándose la mano a la nariz, los demás ríen.

—Sí, hueles, Gorrión.

—¡Hueles a gorrión!

El Gorrión mira al niño del pelo rojo, que sigue frente a la vitrocerámica, con las manos apoyadas en la encimera, y al ver que no se manifiesta sobre el asunto, coge el paño rápidamente y comienza a limpiarse con él. <<La boca también>>, dice el niño del pelo rojo sin mirarlo, pensativo, de espaldas a ellos, con los ojos clavados en la escalera que da a mi cuarto. Yo los observo, a través de un hueco entre las tablas del suelo.

—Tenemos que subir —dice.

XXX

—¡Mirad!, ¡mirad! —grita el niño del pelo rojo, señalando con el dedo índice hacia la cama. Se descuelga con esfuerzo la pesada escopeta del hombro y la apoya contra el marco de la entrada del cuarto. La caída de la culata sobre el suelo de madera resuena como un martillazo. Con la mano tantea el arma, asegurándose de que está bien apoyada. La observa durante un segundo, muy fijamente y con satisfacción. La luz de la tarde cae sobre ella, proyectando su sombra y alargándola a través de las tablas del suelo. El cañón devuelve un haz de luz contra los cristales de la ventana. El arma se calienta bajo el calor del día, como una serpiente sobre las piedras—. Pero vamos, ¿a qué estáis esperando?, parecéis tontos ahí parados en medio de las escaleras, subid, venga, subid ¿No os dije que aquí vivía un chalado?... Mirad esa maleta abierta encima de la cama, toda llena de bolsas, debe de haber veinte o treinta... ¿Qué diablos será eso? Gorrión, acércame una de esas bolsas, venga, vamos, vuela Gorrión, ¡vamos! —dice, dando una palmada.

Los últimos niños entran en el cuarto. El Gorrión avanza muy lentamente hacia la cama, arrastrando los pies. Calza unas playeras blancas, desgastadas por detrás, que dejan parte de sus talones al aire, enrojecidos por el sol.

Se detiene ante la cama. Se inclina y coge una de las bolsas de la maleta y se la lanza con desgana al niño del pelo rojo. Este no intenta cogerla, y la bolsa cae al suelo, golpeando el entablado.

—Pero vamos Gorrión, ¿es esta manera de dar las cosas? ¿Así te enseñan en tu casa? —le dice el niño del pelo rojo, secándose con la mano el sudor que le corre por la frente.

El Gorrión permanece inmóvil durante unos segundos, mirando fijamente la bolsa caída en el suelo a los pies de sus compañeros, que lo observaban expectantes. Algunos llevan chanclas y tienen restos de arena seca prendida en los tobillos. Uno va sin camiseta y con una toalla de playa sobre el hombro. De cuando en cuando se aprieta alguno de los granos de la espalda.

—Y bien, ¿a qué estás esperando? —el Gorrión alza la vista—, recógela, ¡vamos, recógela! —le grita el niño del pelo rojo, mientras vuelve a secarse el sudor—. Recógela y tráemela aquí; dámela en la mano, en la manita, como un niño bueno.

<<Deja de hacer eso, es asqueroso>>, le susurra el niño de gafas al que se aprieta los granos de la espalda.

—¡Y a ti qué te importa! ¿Quieres? Toma, toma —le contesta el otro, mientras le aproxima la mano con la que se explota los granos.

—¡Quita eso! ¡Para!

—¿Qué pasa ahí detrás? —dice el niño del pelo rojo, sin volverse.

—Nada, nada, es que este...

—Tú calla —le corta el niño de los granos y se mete las manos en los bolsillos de su bañador.

—Bueno, ¿a qué estás esperando, Gorrión? ¡Venga, tráeme la bolsa!

El Gorrión duda un instante. Se agacha rápidamente y toma la bolsa del suelo.

—No, no —dice el niño del pelo rojo, acompañando la negación con el dedo índice y la cabeza—. Ven aquí gateando, traémela gateando, a cuatro patas. Así aprenderás.

En el interior del baúl hace un calor terrible. Envuelto en la oscuridad, con la ropa pegada a la piel, como si estuviera hecha de plástico, y respirando con dificultad, los observo a través del ojo de la cerradura. El gorrión avanza a cuatro patas, lleva la bolsa entre los dientes. Las playeras desgastadas se le descuelgan de los pies, y se bambolean hacia delante y hacia atrás mientras se acerca a los niños que lo señalan, felices, entre risas y miradas cómplices.

—Miradlo, ¡si la trae colgando del pico! —exclama uno de ellos.

—Jajaja.

—Este gorrión no vuela, ¡mas bien es una gallina! —grita otro.

—Clo, clo, clo, clo. Pita, pita, pita.

—Jajaja.

—¡Tiradle, tiradle pan a esa gallina! —grita el de granos entre carcajadas.

—¿No irás a poner un huevo, Gorrión?

—Así al menos tendrá uno —repone con fingida seriedad el de gafas.

—Jajaja —el niño del pelo rojo mira para el de gafas sonriendo, reconociéndole la ocurrencia, y el otro, muy contento, le devuelve la sonrisa. Algunos se secan las lágrimas que les caen de los ojos a causa de la risa.

—¡Parad, parad, me vais a destrozar el estómago de tanto reír, muchachos! —dice el de los granos.

—Jajaja.

—¡Se le va a romper el clavicordio!

—¡En serio, en serio! —está doblado sobre sí mismo, convulsionándose agitadamente, con las manos cruzadas sobre el vientre. La inclinación de su cuerpo deja a la vista toda su espalda llena de granos, y de heridas causadas al apretárselos. En esa posición, se le nota la columna vertebral bajo la piel, y la toalla le cuelga a punto de caérsele del hombro, pendulando uno de sus extremos de una lado a otro, sacudido por las carcajadas.

—Toma —dice el Gorrión desde el suelo, tendiéndole la bolsa al niño del pelo rojo, sin levantar la cabeza, extendiendo sólo el brazo.

—Bueno, qué risa, chico, qué risa —dice el de los granos, mientras se endereza y se seca las lágrimas de los ojos.

El estruendo de las carcajadas se va apagando en los últimos pechos. El niño del pelo rojo toma la bolsa y la sopesa en sus manos, como si estuviera llena de monedas.

—Muy bien, Gorrión —dice, inclinándose ligeramente hacia él y pellizcándole el mentón. Se gira hacia los demás chicos que están a su espalda—. Tenemos que comprarle algo de alpiste para premiarlo cuando se porte bien. Así hace mi abuela con sus periquitos, ¡y no veáis como cantan!, ¿tú cantas, Gorrión?... Ya cantarás, ya —le mesa los cabellos—. ¿No tendrás piojos, eh? —todos vuelven a reír y se dan codazos, señalando al Gorrión, que permanece en el suelo ante ellos, a cuatro patas—. Bueno, vamos a ver qué es esto.

—To-todas están llenas de po-polvo blanco —dice el más corpulento.

—¿No, no, no me digas? —le contesta el niño del pelo rojo volviéndose hacia él, y el corpulento comienza a sonrojarse.

—¡Parece que al Tartaja le ha entrado calor! —grita el de granos.

—¿Tú qué-qué quieres, que te rompas los... dientes?

—No te pongas así, Tartaja, sólo era una broma.

—Bu.. bueno.

—Además, ¿hace calor o no? —pregunta el de granos y aparenta que se seca la frente con un extremo de la toalla.

—Si, mu-mucho.

—Pues eso.

—Tartaja, anda, léenos tú lo que pone aquí —le dice el niño del pelo rojo sonriendo, y le ofrece la bolsa.

—¿Yo?

—Sí, claro.

El niño corpulento coge la bolsa con rudeza y, apretándola en la mano, enfoca sus ojos sobre ella. Su voz grave cae sobre mí.

—Su... Su... Su... —acerca más los ojos a la bolsa tras cada intento—. Sueee...

—Anda, trae aquí —le dice el niño de gafas, quitándole la bolsa de la mano—. Aquí dice: <<Suero en polvo. Soluble en agua>>.

—Suero en polvo —repite para sí el niño del pelo rojo— ¡Ja!

—Eso es para alimentarse. Para los enfermos —le dice el niño de gafas, entregándole la bolsa.

—¡Oh cállate cegato sabiondo! —le grita uno.

—Sí, ¡cegato sabiondo!, ¡cegato sabiondo!, ¡cegato sabiondo! —comienzan a corear algunos.

—¡Cegato cuatro ojos! —chilla otro.

—Retrasados; envidiosos... —masculla el de gafas, apretando los puños, pero sin atreverse a abalanzarse sobre ninguno de ellos—. ¡Tenéis un retrete por cabeza!

—¿Cóoomo?

—Bueno, ya está bien —los interrumpe el niño del pelo rojo.

—Luego verás... —le susurra uno al de gafas.

—Levántate Gorrión, das vergüenza ahí sentado como un bebé —le ordena el niño del pelo rojo, y el Gorrión se levanta y, en un acto mecánico, se sacude con las manos el pantalón corto, algo descolorido por el salitre y el sol. Tiene las rodillas un poco peladas—. Así que suero en polvo, ¿no? —el de gafas asiente—. ¿Para los enfermos, no? —el de gafas vuelve a asentir y se acerca las gafas a los ojos—. Bien —dice el niño del pelo rojo y deja caer la bolsa al suelo, levanta la pierna derecha y la revienta de un pisotón, esparciendo todo el polvo blanco sobre el suelo de madera. Al oír el estallido me encojo más en el baúl y me aprieto contra la parte de atrás, apartándome del hueco de la cerradura.

—¿Habéis oído eso?

Me han oído.

—Yo no oigo nada.

—Calla.

—No, no se oye nada.

—Calla.

—¿Qué oíste?

—Calla, joder.

—¿Qué? ¿Tenéis miedo?... Sois unos estúpidos.

—No… Es que me pareció oír algo, como un golpe o algo así.

—¿Un golpe, dices? Además de ver mal también oyes mal... Venga, volcad esa maleta y romped el resto de las bolsas. Qué sorpresa se va a llevar el chalado cuando lo vea. Así aprenderá —escucho que les dice el niño del pelo rojo.

Vuelvo a mirar por la cerradura. El niño corpulento se dirige con gran estruendo hacia la cama, levanta a pulso la maleta en el aire sobre su cabeza con los dos brazos, me llevo las manos a los oídos, y la lanza al suelo violentamente. Respirando con agitación, como un animal, observa las bolsas desperdigadas por el suelo de madera, y comienza a saltar cayendo sobre algunas de ellas con los dos pies, estallándolas.

—Yo no, no tengo miedo.

El niño del pelo rojo camina hacia la ventana del cuarto, desde la que se divisan las casas blancas del pueblo. Apoya las manos sobre el alféizar y se pone de puntillas, como si tratara de abarcar más con la mirada, de devorar el paisaje con los ojos.

—Desde aquí es desde donde nos observa —murmura.

Los demás niños lo miran en silencio.

—Son las siete, falta poco para que empiece la película. Seguro que el cine se llena hoy... en vacaciones de verano siempre se llena... —dice el de gafas.

—Muy bien... —contesta el niño del pelo rojo sin girarse.

Mientras los demás salen del cuarto y bajan en tropel por las escaleras de madera que crujen bajo sus pasos, entre gritos y empujones, el niño del pelo rojo toma aire y lo expulsa soplando contra la ventana. Sobre el vaho que se forma en el cristal escribe con el dedo una palabra. <<Chaa-la-do>>, murmura mientras va deslizando el dedo sobre el vaho del cristal.

Baja la mano, mira a izquierda y derecha, como si buscara algo, y abandona lentamente la habitación. Desciende por las escaleras chasqueando los dedos, sale de la casa, lo oigo tirar de la puerta al salir.

—¿Qué haces? —le pregunta uno, ya fuera de la casa.

Salgo del baúl tratando de hacer el mínimo ruido posible y me agacho ante la ventana para observarlos.

El niño del pelo rojo está quieto, mirando hacia mi puerta, dándole la espalda a los demás.

—Este podía ser nuestro refugio —dice.

—¿Nuestro refugio?

El niño del pelo rojo se gira hacia los demás.

—Sí, como nuestro cuartel, ¿entendéis?, un sitio para nosotros, nuestro, ¿enténdeis?

—¿Nuestro?

—Pero...

—¡Claro, nuestro! —exclama uno.

El niño del pelo rojo asiente.

—¿Y cómo entramos?

—¡Tú eres burro!

—La llave la tenemos —dice pensativo el niño del pelo rojo, mostrándoles el rectágulo de plástico.

—¡Claro!, ¿no ves? La llave la tenemos.

—Sí, si, es verdad.

—Sí.

—Pero...

—Ya sé, ya sé, el de la casa —dice el niño del pelo rojo—, el chalado.

—Pero yo creo que ahí no, ahí... no hay nadie —murmura uno.

—¡Oh!, ¿y no viste la maleta con las bolsas esas de...

—De suero —dice el niño de gafas.

—¡Ya salió el topo!

—Jajaja.

—Entonces qué hacemos.

—¿Y si hay alguien, qué pasa?

—Pues que nos puede robar nuestras cosas —dice uno.

—¿Nuestras cosas?

—Claro, las que dejemos aquí. Si es nuestro cuartel, tendremos cosas aquí, digo yo, si no para qué.

—Claro, claro —murmuran algunos asintiendo.

—¡Todo lo tengo que pensar yo siempre! —el niño del pelo rojo se rasca la cabeza y mira hacia el pueblo—. Si tuviera aquí mi tabaco podría pensar mejor.

—¿Fumas?

—Claro.

—Yo nunca te vi fumar —dice uno.

—Y eso qué tiene que ver.

—Nada —contesta encogiéndose de hombros—, no sé.

—¡A ver, entonces qué!, ¿nadie piensa nada? —pregunta el niño del pelo rojo.

Vuelve a rascarse la cabeza y hace ademán de olerse la mano, pero se detiene. Todas permanecen callados, mirándose unos a otros.

—¡Ya sé! —exclama dando una palmada el niño del pelo rojo.

XXXI

Natalie viene andando desde el pueblo por el camino de tierra, el viento le revuelve los cabellos y trata de quitarle la pamela, ella la sujeta delicadamente con la mano y sigue andando.

¿Por qué no te quedaste en París? Tenías que volver, tu familia, tu casa, el trabajo que tus padres querían para ti, lo que tus padres querían que fueses, pero tus padres están ahora bajo la tierra, junto a los padres de sus padres. Viviste una vida prestada, una vida planificada desde tu nacimiento, pero ellos también, no fue culpa suya, se defendieron de la vida como supieron y a ti te enseñaron a defenderte de ella como sabían. Tenías que trabajar en esto y no en aquello, tenías que estudiar esto y no aquello, tenías que ser un hombre de provecho, pero ahora quisieras saber de qué te vale ser un hombre de provecho, encerrado en esta casa, golpeado por el ruido, veinte años más viejo que entonces cuando soñabas con pintar. Hay muchos pintores, te decían, eso no es un oficio, te decían, <<siempre puedes pintar, tú trabaja y puedes pintar igual en tu tiempo libre, no te arriesgues>>. ¿Dónde está ahora la seguridad que buscaste? Cuántos años desperdiciados. Y sin embargo, qué importa, iluso, qué importa, cómo ibas a poder soportar el peso del trazo sobre el lienzo, el sonido del pincel...

Natalie atraviesa el campo de trigo con la mano puesta sobre la pamela, el viento recorre su vestido y lo ciñe a su cuerpo, dibujándola en el aire. ¿Qué vas a hacer cuando llame a tu puerta? Es tu juventud que viene a buscarte. Pero también te molesta el latido de su sangre, el peso ligero de su cuerpo a través de las espigas, la presión de sus sandalias contra la tierra.

Y sin embargo este dolor que ahora te golpea te ha hecho desechar todo aquello que había de banal en tu vida, todo aquello que te frenaba y te hacía ser otro. Si consigues salir de esta, si el mal que te aqueja vuelve a refrenarse, no retornarás a tu vieja vida, porque el que regrese ya no será el mismo hombre. El dolor te ha llevado a la frontera y te ha dicho: cruza, el dolor te ha medido y te ha hecho nacer a través de ti mismo.

Natalie sube por la colina, qué cerca está. Pero no, el dolor no, el dolor, el ruido, no, sólo han sido acicates, tú mismo, tú empeño en resistir, ese es el legado que te has dejado, has hecho de la resistencia tu obra maestra, y está sola ante ti, contémplala, ahora por fin sabes que no es lo que haces, sino la resistencia, la defensa de la esperanza, permanecer en pie, lo que hace digna tu vida, ahora sabes que todo lo que hubieras podido llegar a ser en este mundo, todos los cuadros que hubieras podido llegar a pintar, todos los caminos que hubieras podido llegar a recorrer, no valen más que el instante en el que después de caído te levantas, son sólo polvo y arena en el viento en comparación con ese instante, ese instante en que las rodillas se yerguen, ese instante en el que miras a la vida a los ojos y le dices: "¿es esto todo lo que tenías para mí?, tú no vas a poder conmigo, tú no vas a doblegarme". Podrás morir en esta casa, podrás morir dentro de meses de frío y hambre en las calles, pero será un hombre el que muera, no una máscara, no la máscara de Odiseo Ruiz. Y sabes que ese hombre se levantará también en medio de la muerte...

Oh, ¡no!, ¡todo esto son tonterías!, ¡palabrería!, ¡no son más que tonterías!, ¡te autoengañas!, todo esto... pero lo haces, ¡sí, lo haces para resisir! Tú eres un héroe, Odiseo Ruiz, porque has llegado al fondo de las cosas, y no te has dado la vuelta. Has llegado al ruidoso fondo de las cosas.

No, al fondo no, al fondo todavía no, todavía estás entrando, por eso tienes que resistir, tienes que llegar al fondo, el fondo tiene que ser silencioso. Estás penetrando aún la superficie, estás quebrando las primeras capas, y la superficie cruje al romperse. Sí, ese ruido, ese temblor permanente que escuchas es el sonido de la superficie de la realidad al quebrarse, es el mundo que se agrieta mientras te diriges hacia ti mismo, atravesándolo, como una flecha lanzada contra la realidad aparente hasta estallarla. Tienes que llegar al silencio, tienes que oír más allá del ruido, tienes que atravesar los sonidos y llegar más allá, tienes que oír más de lo que ahora oyes, más, más, todavía más, todavía no oyes lo suficiente, el problema es que todavía no oyes lo suficiente, has llegado a la frontera, estás en la frontera, pero ahora tienes que ir más allá, tienes que oír más allá, tienes que atravesar el ruido, estás en el centro del campo de batalla, es una lucha, y toda lucha es ruidosa pero tienes que resistir, para oír más, más, hasta atravesar los sonidos, hasta dejarlos atrás, hasta que se deshagan a tu paso. Pon el oído en el aire, pon el oído contra los espacios del aire, pon el oído sobre los huecos del aire, fíltrate por esos huecos, fíltrate por el espacio entre un sonido y otro.

—Odiseo.

Natalie llama a la puerta, los golpes de sus nudillos en la puerta.

—¡Hola! Odiseo ¡Soy yo, Natalie!

Los golpes de sus nudillos como un corazón latiendo en la madera.

Está buscando algo en su bolso, oigo el tintineo de los objetos. Es un papel. Lo apoya en la puerta, está escribiendo algo, me golpea el rasgueo de los trazos contra la madera. Se agacha y mete la nota por debajo de la puerta. El viento le quita la pamela, Natalie corre colina abajo persiguiéndola.

...Si hubiese entrado, habría visto los restos del gorrión desecho en el plato sobre la mesa. Vamos, no vuelvas a hundirte. Resistir, resisitir. Si pudiera bajar. Tengo que bajar a por la nota, ¿qué me habrá escrito? Tengo que bajar. Vamos, vamos, adelante, vamos, enfréntate a esas escaleras. Vamos. No. No puedo, el peso en los escalones, no puedo, el crujido de los escalones. Sí, vamos. No, no puedo. ¿Y qué más da la nota? No, tú quieres verla, vamos vuelve a intentarlo, vamos. El pie, el chirrido de la articulación de la rodilla, los cuádriceps contrayéndose, la cadera, la tensión en los tendones, el escalón, el escalón, el polvo saltando contra los bajos del pantalón. No, no puedo, el crujido, el crujido. No puedo. Vamos, vamos. Me desmayo, estoy débil, me desmayo. Vamos, vamos. No, no, esperaré, lo intentaré después, tal vez después...

Natalie se aleja hacia el pueblo a través del campo de trigo. Las espigas le arrancan sonidos al rozarla. Ya lleva la pamela en su mano...

XXXII

La tarde está cayendo, el humo de su cigarro echa raíces en el aire y asciende.

El viejo se descuelga el saco del hombro, aprovecha el impulso del movimiento y lo deja caer al suelo. El saco choca ruidosamente contra la pared de mi casa desplegando un sonido de metales y maderas. El ruido del golpe asciende como un latigazo a través de las tablas y me aparto de la ventana.

El viejo tira el cigarro al suelo, escucho cómo lo aplasta bajo su pie contra las hierbas.

Cuando vuelvo a mirar, el viejo está frente al saco, con una pierna puesta a cada lado y apoyando el pecho sobre él. Afloja la cuerda que lo cierra y extrae algo del interior que le cabe en la mano. No puedo ver lo que es, ahora está justo debajo de la ventana.

Se gira hacia el perro para mostrárselo. Es un pequeño gorrión tallado en madera.

—¿Ves, Chico? Este no me ha quedado mal del todo, eh.

El perro ladra.

—No sé por qué hoy no vendimos nada. No lo comprendo.

El perro vuelve a ladrar, como si quisiera animarlo.

—Sí, Chico, es verdad, mañana tendremos más suerte... —suspira— Y tendremos que vigilar mejor el carro... otra vez nos lo han vuelto a quitar esos diablos; las cosas importantes las llevamos en el saco —palmotea el saco—, pero... menos mal que siempre dejan el carro por aquí, eh; así no tienes problemas para encontrarlo... —el perro levanta la cabeza y mira al viejo— No, Chico, no es un reproche, que tú eres un gran rastreador, vaya que sí —tantea con la mano el bolsillo de su camisa y saca un cigarro—, pero —enciende el mechero y se inclina hacia la llama—, ah —echa el humo—, la culpa es mía también, Chico, porque en la playa uno se despista con la señoras tan estupendas que hay; sí, Chico, la vida es así, y donde esté una buena señora, ya con su experiencia, que se quite todo lo demás, las cosas como son, lo malo es que son listas, Chico, mucha vida ya, y no hay quien las engañe. Sí, sí, claro... ¿Y el otro día?, ¡el Alberto!, ¿sabes?, tú estabas fuera del bar y no te enterarse, que en el bar de la Requena sí que te dejan entrar, Chico, pero en el del tacaño ese del José, ni por estas, vaya —echa el humo—, pero como te decía, el Alberto, ¿sabes?, va y me dice, ay las jovencitas, Darío, qué lejos nos quedan las jovencitas; cuando pasaba la hija de la Antonia me lo dijo; que iba toda arreglada, que daba gusto verla y todo eso, claro, que uno tiene ojos pero, yo le dije, y lo pienso, no es aparentar, que ya sabes que yo soy como el agua, transparente, Chico, tú lo sabes bien, sí, y —echa el humo—, le dije, tanta manía con las jovencitas, tanta manía con las jovencitas, pero las señoras son las que saben de amor, Alberto, tú hazme caso a mí. Él se rio, que ya sabes que él se ríe mucho, que por eso voy al bar del José, que si no iría sólo al de la Requena, porque en el de la Requena es donde te dejan entrar.

—Guau —ladra el perro.

—Sí, la Requena, sí, —el viejo se inclina y le acaricia la cabeza al perro y las orejas—, que siempre te pone tu platito con tu agua... Pero..., en fin —se endereza y da una calada al cigarro—, que nada, que no sé por qué al Alberto también le gusta ir al barucho ese del José, que hasta caliente está la cerveza, o me lo parece a mí, porque es verdad que yo la cerveza la bebo muy despacio y se me calienta, sí, es cierto, sí, Chico, con el vino, ay, amigo mío, con el vino ya es otra cosa.

—Guau —ladra el perro.

—Sí, el vino, pero tú no puedes tomar vino, Chico, que si no te pones malo, mira cómo me puse yo aquella vez, en Navidad, ¿te acuerdas?, y eso que tengo experiencia en estas cosas, Chico, y tú no, y ni falta hace que la tengas, estaría bueno.

El perro le da con la pata en la pierna al viejo.

—¿Qué quieres, Chico? ¡Ah! —se da una palmada en la frente—. Es verdad, es verdad, con tanto charloteo no me acordaba, je je.

El viejo apaga el cigarro y comienza a rebuscar en el interior del saco. Escucho el sonido líquido de su lengua a través de sus labios y cómo la apoya, apretando la punta contra la comisura de la boca.

—Hum... ¡Aquí está! Perdona, Chico, es verdad que debes de tener sed, con tanto hablar de estas cosas a mí también me ha entrado sed, sí —saca una bota de piel marrón, como la que usan los pastores para beber; se la cuelga del cuello y a continuación extrae una pequeña escudilla metálica. El perro ladra al verla y agita el rabo—¿Tienes sed, eh, Chico? Ya sabía, yo, ya, ¡que te lo veía en los ojillos! —posa la escudilla en la hierba, y aprieta la bota de la que cae un hilo de agua hasta llenarla—. Toma, pillo.

El viejo alza la bota y bebe también un poco, dirigiendo el chorro hacia su boca. Algunas gotas le corren cuello abajo mientras se pasa el antebrazo por los labios.

Pues como te decía, Chico. ¿Ya acabaste? —el viejo guarda la escudilla en el saco y se lo echa a la espalda—. Yo voy al bar del José porque el Alberto quiere ir, que si no... Pero vamos Chico, venga, vámonos, vámonos a casa... Si no, vaya que sí, sólo ibamos a ir al de la Requena, eso está claro. ¡Ay, la Requena, qué mujer!, ¡las señoras, Chico, las señoras!

El viejo se adentra en el bosque situado a la espalda de mi casa, su perro lo sigue con paso tranquilo.

—¡Venga, Chico, venga, vamos a la cabaña! —oigo que grita el viejo ya oculto en la maleza del bosque—, ¡que hoy tenemos pajarito frito!

XXXIII

En la noche los escucho acercarse sigilosamente colina arriba.

—Venga, vete... —susurra uno, los demás, ocultos en las sombras, con el pecho pegado a la hierba, hacen gestos con las manos para animarlo. Oigo sus corazones latir contra la tierra.

Un niño avanza a gatas, sus rodillas se deslizan sobre la hierba impregnada por la humedad de la noche que empapa la colina, como regándola y adueñándose de ella y del pueblo. Las luces lejanas de algunas casas y las farolas arrojan su luz contra la noche blanquecina por la luna llena.

El niño sigue subiendo, un búho sacude sus alas en una rama. El niño se detiene, mira hacia los lados, la tensión de su cuello, mira hacia atrás, el latido de su corazón.

—Venga, vamos, no te paresss —susurra uno.

—Sigue, vamos.

—No os levantéis —escucho que dice el niño del pelo rojo, y luego hace un gesto con la mano, conminando al otro a avanzar. El sonido de su muñeca y sus dedos tensionados en el aire.

El otro prosigue la marcha, ya está a unos pocos metros de mi puerta. De repente se levanta, arroja una piedra contra la casa, retumban los tablones.

—Rueda, rueda —dice para sí uno de los niños que están tumbados, apretando el puño, nervioso, clavándose las uñas contra la palma de la mano.

—Vamosss —murmura otro.

El niño se tira al suelo y comienza a rodar colina abajo. Sobrepasa a los demás, que siguen tumbados, y rueda hasta llegar al final de la pendiente.

—Ay —escucho que dice al llegar abajo.

Los otros permanecen inmóviles.

—¿Veis algo? —les pregunta el niño que lanzó la piedra, ya de pie, junto al inicio del campo de trigo.

El trigo se mueve en el aire, agitado a veces por una ráfaga.

—Este es tonto.

—Nooo —responde uno en voz baja.

—Pero no le respondas... —dice uno con rabia.

El niño del pelo rojo hace un gesto con la mano, oigo cómo presiona un dedo contra sus labios, mandándoles callar, lo separa y, sin levantarse del suelo, se gira y comienza a arrastrase colina abajo, como hacen los soldados. Los demás lo ven y lo siguen, imitándolo.

—Vamos, vamos.

Terminan de bajar, llegan al inicio del campo de trigo.

—No os levantéis, y tú, agáchate, vamos, vamos —dice el niño del pelo rojo.

—Sí, sí.

El que lanzó la piedra se arrodilla y se tumba en el suelo.

—¿No te dije que había que seguir en el suelo?

—Sí, sí —dice el que arrojó la piedra.

—¿Entonces?

—Es que como ya no estaba en la colina... No quería tirarme aquí en el suelo, porque si no iba a mancharme todo de tierra y entonces... Se iban a enterar mis abuelos de que nos largamos de casa.

—Pero tú eres tonto de remate —oigo que dice el niño de gafas.

Un niño se lleva la mano a la boca para frenar una carcajada. Aprieta la palma contra los dientes y los dedos contra las mejillas.

—No te rías.

—No te rías, que te meas.

—Pero no os riáis vosotros también...

—Si es éste, que me está dando con una espiga en la oreja.

—Pero tú qué dices.

—Para ya, pareces el primo del Chancleto.

—Tú eres el que asó la manteca, macho.

—Pero de qué hablas.

—Es lo que dice mi tío.

—Y a qué viene tu tío ahora.

—Lo de la manteca, dice, ese es como el que asó la manteca.

—Qué burro eres... Mira, mira.

—Deja de darme con la espiga ya.

—Callad...

—Ja ja ja —el que se tapaba la mano con la boca deja escapar una carcajada—... Lo siento, lo siento... es que... ja ja ja.

—Jajaja —los demás ríen.

—¿Pero os queréis callar de una vez?

—¡Eh!, ¡mirad!

—Shhh.

—En la ventana, yo creo que hay alguien.

—A ver, déjame ver.

Me han visto, no puede ser, estaba agachado, con el espejo en la mano, a lo mejor vieron el reflejo de una luz en el espejo de mano y...

—Toma los prismáticos.

—Qué sucios están estos prismáticos, con estos no se ve ni pío.

—¡No te dije que los limpiaras!

—¡Si están limpios!

—Qué va, hasta huelen raro, mira.

—Trae —es la voz del niño del pelo rojo—. Huele a plástico —dice.

—Pues a mí me huelen a cuco.

—Tú sí que hueles a cuco

—A perro mojado huele.

—Huele a uvas, como su madre.

—Jajaja.

—Sí, ¿no decías que tu madre olía a uvas cuando salía cantando borracha de la taberna?

—¡Mi madre no sale borracha de la taberna!

—Callaos —dice el niño del pelo rojo—. Yo no veo nada, ¿qué viste?

—No sé, me pareció ver algo.

—¿Algo?

—Con esto no sacamos nada en claro, ¿por qué no volvemos? —dice uno.

—A ti lo que te pasa es que te está entrando el sueño, como si fueras un bebé y quieres tu mantita —contesta otro.

—Pues no, tonto, lo que pasa es que mi abuelo tiene el sueño ligero, y si se levanta y viene a ver si estamos y no nos ve, pues...

—Tú abuelo lo que tiene es la próstada como un cráter.

—Qué gracioso eres, mira como me río, ja, ja, ¡si ni siquiera sabes lo que es la próstata!

—Sí que lo sé.

—No, no lo sabes.

—Sí que lo sé. ¡Que te apuestas!

—Nada.

—¡Es lo de mear!, para que veas. Cómo te quedas.

—¿Pero eso no es el rigodón? —interrumpe uno.

—Sí, hombre, sí, el rigodón también, las dos cosas.

—Ah.

—¿Pero a qué vinimos aquí? —oigo que dice el niño del pelo rojo.

—Pues a saber si hay alguien en nuestro refugio.

—¡Pero no es nuestro refugio aún! —exclama uno.

—Ni lo será, si seguís con todas estas estupideces, parecéis memos —les dice el niño del pelo rojo.

—Yo tengo frío —le susurra uno de los niños a otro.

—¿Qué? —pregunta el niño del pelo rojo.

—Di-dice que-que tiene frío.

—¿Ah, sí? —dice el niño del pelo rojo—, ¿tienes frío?, pues entonces ahora te toca subir a ti, a ver si te calientas.

—¿Y tiro una piedra?

—No, llamas a la puerta y luego ruedas. Si no vemos encenderse una luz, subimos con el plástico a abrir la puerta.

—¿Y si está dormido?

—Claro, si está dormido, y por eso no se entera.

—O si está teniente.

—¿Teniente?

—Sí, macho, que no oye.

—Ah, como un muro.

—No; jobá, macho, como una tapia.

—¿Qué tapia?

—Como una tapia se dice, que está sordo como un tapia, teniente, que no oye ni al Tartaja cuando se pone a hablar como una ametralladora, vamos.

—Tú, qué, ¿qué, dices de mí?

—Nada, hombre, nada, es sólo por poner un ejemplo. Por clarificar, vamos, para que quede clarinete, que no haya dudas, vamos, que

—¿Pero a ti qué pulga te picó?

—¡Para ya de darme con la espiga!

—¡Qué hacéis ahí escondidos, diablos!

—¡Un fantasma!

—¡Qué es eso!

—¡Qué hacéis ahí escondidos, diablos!

—¡Un fantasma!

—¿Pero qué dices?

—¡Mirad, mirad!

Oigo al viejo gritar en la entrada del bosque situado a la espalda de mi casa.

—¡Diablos! ¡Diablos! —les grita entre la maleza, envuelto en la penumbra.

—¡Mirad qué brazos!

—Guau, guau —ladra el perro.

—¡Un fantasma!

—¡Tiene un lobo! ¡Corred!

—¡Corred!

—Pero sí es el viejo, ¿a dónde vais? —les grita el niño del pelo rojo levantando los brazos. Los demás corren a través del campo de trigo, despavoridos.

—¡Un fantasma! ¡Un fantasma! —va gritando uno mientras huye.

—¡Esperad! ¡Pero sí es el viejo! Maldita sea... ¡Esperad! —el niño del pelo rojo se marcha corriendo detrás de ellos— ¡Estúpidos! —grita— ¡Estúpidos, volved! ¡Que no sabemos aún si hay alguien en la casa, volved! ¡Estúpidos! ¡Estúpidos!

XXXIV

—Qué barbaridad con estos diablos, Chico —le dice el viejo al perro mientras observa cómo los niños se alejan corriendo a través del campo de trigo, envueltos en las sombras.

Oigo cómo las espigas golpean los cuerpos de los niños en la carrera y sus corazones acelerados, latiendo contra la noche que se va enfriando con el viento que llega del mar, la noche enfriándose como un muerto caído en la tierra. Los grillos cantan de nuevo tras la marcha de los niños, y su canto llena el aire oscuro, lo inflama, lo penetra, lo llena como de venas y hogueras, lo hace vibrar como lleno de sangre y llega hasta mí, me inunda y me golpea.

Oigo al viejo sacar un cigarro del bolsillo de su camisa, la tela tensándose cuando introduce dos dedos en el paquete de tabaco. La inclinación de su cuello, la llama, el fuego que se despierta tras el giro seco de la piedra del mechero en su mano; las venas de sus brazo, las venas bajo sus hombros y su pecho, las venas llevando su sangre al corazón que le late algo cansado y que de golpe se le dispara, como si le apuntaran con un arma, con la entrada del humo en los pulmones que se hinchan y crepitan con los capilares absorbiendo el humo.

Los tenis y las playeras de los niños se doblan por las puntas y golpean el suelo de cemento en la carrera, tras haber dejado atrás el campo de trigo. Las polillas danzan en torno a las farolas sobre ellos en la entrada del pueblo. El mar, al fondo, golpea el pueblo, como un leñador. Las olas rompen dentro de mí y yo me rompo con ellas, y vuelvo a rehacerme y a alzarme para volver a estallarme contra la vida y las piedras. Toda mi vida consiste en reventarme contra la vida y las piedras. No sé ya si es mi corazón o el mar lo que me late en el pecho, no sé ya si es el ruido del vuelo de las polillas o el canto de los grillos o la sangre lo que me corre por las venas, no sé si es el río o la sangre. Me fundo y deshago en la reverberación de los sonidos, me confundo en los ecos, me voy en ondas deshecho hacia las paredes de madera de mi cuarto, cargado de sonidos ajenos, de vidas ajenas, entremezcladas con el fluir herido de mi propia vida, lanzado en eco, en ondas contra las paredes de mi cuarto. Lleno de algas, de olas, reventado, lleno de viento, de maderas, de aire, lleno de manos, de dedos, de espigas, lleno de grillos, de cantos, de voces, de respiraciones de otros, de animales, de hombres, con crujidos de raíces y de hojas dentro, con grúas dentro, con barcas dentro, todo acumulado en mí, lanzado desde mí; yo mismo lanzado, envuelto en todos los sonidos, lanzado en ondas, yo ya: sonido, eco de huesos, golpe de carne expandiéndose en el aire, onda de sangre contra las paredes del cuarto; y el cuarto devuelto en ondas llenas de todo lo oído, llenas de mí, de vuelta a mí, como un bumerán, de regreso; un golpe cada segundo, un golpe de regreso desde las paredes. Dónde está el silencio, dónde se apoyan las palabras, dónde los sonidos; el ruido, todo esto, en qué se sostiene; todo esto que se acumula para ser destruido, todo esto que es pronunciado para ser destruido, dónde cae deshecho; dónde está la brecha por la que pueda caer yo en el silencio, dónde está el hueco del descanso.

—Vaya —el viejo se estira, su cuerpo resuena al tensionarse. Bosteza—. Yo ya estoy desvelado, Chico, me han trastocado la hora del sueño esos diablos. ¿Qué andarían haciendo por aquí de noche? —se rasca un brazo, sus uñas contra la camisa—. ¿A estas horas? A ver quién duerme ahora, y tú peor, claro, que tienes sueño de perro. No sé por qué lo dirán así, si habrá también sueño de gato o sueño de pájaro o qué se yo, pero lo llaman así, Chico, sueño de perro; no es por faltar, no hay que tomarse a mal estas cosas, peor son los burros, que los nombran como insulto, qué burro es ese, dicen. Y los burros son muy listos, Chico, lo que pasa es que son trabajadores, no son vagos, y por eso les llaman tontos.

—Guau, guau —ladra el perro.

—Qué manía os tenéis esa lechuza y tú, Chico. Siempre que la ves le ladras, y ella siempre que te ve a ti, viene a una rama cercana para que le ladres, la condenada, como retándote. Os tenéis ojeriza. ¿No te habrá robado algún ratoncillo alguna vez, o tú a ella?

—Guau, guau —el perro ladra y oigo a un pájaro elevarse en vuelo entre los árboles y alejarse.

—Enemistad, lo que yo digo, Chico, pura enemistad. ¡Oh, vaya! —oigo al viejo sacudir la mano y soplar sobre sus dedos—. Casi me quemo con el cigarro.

El cigarro cae al suelo. El sonido de la bota del viejo girando sobre él, contra la hierba, aplastándolo.

—Tenemos que estar más atentos, Chico, esos diablos algo andan tramando por aquí. No vaya a ser que nos quieran estropear nuestra cabaña. ¿Sabes lo que le hicieron a la Rosario el otro día? ¡Con sus noventa años! Ah —se da una palmada en la frente—, claro, Chico, no lo sabes, porque tú estabas fuera, que en el bar del José no te dejan entrar; si fuera en el bar de la Requena, otro gallo cantaba, ya estarías al tanto de todo. Pero me lo contó el Alberto en el bar del José; siempre hace igual, así te pierdes lo más interesante siempre, Chico; que yo le digo al José, José, al menos ponle un cazo de agua al perro, y él siempre, tú lo sabes, ¡el agua hay que pagarla!, y hace una pausa y luego, todo serio, que mira que es serio, que parece que va siempre con cara de funeral, y luego siempre: ¡que a mí el agua bien que me la cobra el Ayuntamiento! Válgame Dios, el Ayuntamiento, ya ves tú, cuatro gotas de agua, como quien dice; y yo ya le digo: que, no, que tú pagas un mínimo fijo de agua, José, que menos que eso no vas a pagar nunca, José, que por mucho que hagas va a dar igual, José, que son sólo cuatro gotas de nada para Chico, José, y él, que tanto me da, Darío, que si el perro quiere agua, que la pague; ¡que la pague!, ya ves tú, Chico, buena sería esa, que la pagases tú; y yo le digo, no, él no la paga que ya lo invito yo, faltaría más. Cuando digo eso el Alberto siempre se ríe y yo creo que al José algo de gracia le hace el chiste, porque mira que lo repetimos; que tú ya lo debiste de oír desde fuera alguna vez, porque hacemos mucho ese juego y tienes buen oído, Chico; pero mira, ¿por dónde iba?, ¡ah, sí!, me dice el José, pues si pagas el agua, se la pongo, lo mismo me da ponérsela a él que a ti, entonces ahí ya ataco yo: sí, claro, yo invito, le doy un codazo de complicidad al Alberto y: ¡pero se la sirves dentro, como a todo el mundo!, faltaría más; y el José que no, que de eso ni hablar, que no le dejan en el Ayuntamiento, que se lo tienen prohibido, ya ves tú, en el Ayuntamiento. Bueno, pero lo que te decía, Chico, que tenemos que vigilar más de cerca a esos diablos, estar pendientes, porque yo creo que estaban por aquí por algo, ¿por nada no iban a estar, no? —se quita la gorra, se pasa la mano por la cabeza y se la vuelve a poner— ¡Vaya la que le hicieron a la Rosario! ¡Con sus noventa años! —silba y se rasca un brazo—. Vaya que sí. Me lo contó el Alberto, quién si no, que ya sabes que es con el que yo me entiendo bien, lo que pasa es que el Alberto es muy callado al principio, por eso sabe tanto, está siempre con el oído puesto, y no es que a mí me guste andar en habladurías, y no lo digo por quedar de elegante delante de ti, que tú ya sabes que yo soy transparente, como el agua, pero bueno el caso es que

—Guau, guau —ladra el perro.

—Sí, Chico, parece que vuelve la lechuza, déjala estar, hombre, que así nunca vais a acabar la guerra, pero escucha, escucha que esto te interesa, y no lo sabes, que el Alberto hasta que vamos al bar del José no suelta nada, luego ya la lengua se le va revitalizando, con la cerveza, que a mí la cerveza ya sabes que ni fu ni fa, pero como Alberto me invita en el bar del José y... —el viejo se estira y bosteza—, y siempre oye, cuando salimos del bar de la Requena, yo le estoy haciendo ojitos a la Requena acodado en la barra, y el Alberto me coge del brazo y me dice, deja de hacerle ojitos a la Requena y yo, no son ojitos que es por el vino, y me río, pero él ya sabe que sí son ojitos, como lo sabes tú, Chico, que tú eres muy listo, pero la Requena nada, la Requena no se deja querer y yo le canto —oigo al viejo coger aire hinchando el pecho—, ¡qué bonitos ojos tienes, que no caben en el cielo! —mueve un brazo arriba y abajo—, ¡qué bonitos ojos tienes, que parecen dos luceros! Y ella se ríe, que antes no se reía, pero ahora ya se va riendo, y eso es buena cosa, Chico, te lo digo yo, en estás cosas hay que tener paciencia, poco a poco; pero vamos que el caso es que el Alberto me coge por el brazo y me dice, deja de hacerle ojitos a la Requena y vámonos al bar del José, y yo: al bar del José no me gusta ir que es un tacaño y no le pone agua al perro, y él : vamos hombre que te invito a una cerveza, y yo: bueno..., pero a regaña-dientes, por hacerle compañia, que ya ves tú, a mí la cer-veza, ni fu ni fa. Entonces en el bar del José, ahí es cuando al Alberto se le empieza a soltar la lengua y es donde me cuenta lo que luego te cuento yo a ti, por si no lo oíste desde fuera, o por si estabas a otra cosa, Chico, que a ve-ces te despistas o te quedas mirando para una mosca y te lanzas a cazarla con la boca, o haces que te despistas, porque tú eres muy listo y te tengo fichado, je je —ríe—. ¡No sabes la faena que le hicieron a Rosario!, mi vecina. ¿A la Rosario?, le digo, y él: sí, ¿sabes? Que es verdad que es antipática, Darío, pero a una señora así, ya tan mayor, hacerle eso.... Noventa años tiene, ¿no?, Alberto, y él: noventa, sí señor, y le da un traguito a la cerveza y la posa en la barra y yo ahí le doy un traguito también a la mía, para mojar los labios, porque vaya tapas que pone el aga-rrado del José, unos cacahuetes salados, salados, como el demonio, vaya; para que bebamos más, ya ves tú, que por eso no te los doy a ti, alguna vez que me despisto sí, es verdad que te los tiro mientras esperas fuera, que parece que me lo tienes en cuenta, pero tu bien que los comes, eh.

—Guau, guau —ladra el perro.

—Sí, sí, pero no vamos a comer ahora otra vez que ya cenamos. Bueno, y ¿por dónde iba?, ah sí —se da un palmada en la frente, el sonido se extiende en la oscuridad de la noche—, pues me dice: Rosario es muy antipática, pero hacerle eso... Que ya sabes que este año se quejó más que nunca en el Ayuntamiento por el ruido de las fiestas del pueblo, y yo: sí; y es verdad, Chico, tú lo sabes, que la Rosario es de carácter destemplado y cuando está barriendo delante de su portal con esa escoba vieja, que no sé ni cómo no se le deshace en las manos, y pasas tú..., te mira así, mal, como con inquina, así, como vigilándote, por si te da por, por marcar territorio, vamos, las cosas claras; ya ves tú, que para qué quieres tú ese territorio, ¿verdad, Chico? Je je, en fin. Y yo le digo, doña Rosario, a ver si le hago yo un mango nuevo para la escoba, talladito, todo de madera, que ese se le va a romper entre las manos; por un poquito de nada de dinero se le hago yo y le dura mil vidas, ya verá; y ella, sin dejar de barrer: no me venga usted con sandeces, que para lo que me queda.... Ahí yo siempre pienso en decirle: ¡si está usted hecha una moza!, pero no se lo digo, Chico, esa es la verdad, como es muy agria de carácter pues no me sale de dentro el decírselo. Entonces el Alberto le da otro trago a la cerveza, así, poniendo los labios apretaditos, que está muy gracioso con el bigote ese, que yo le digo: aféitate el bigote, que ya no está de moda,

Alberto, pero él hace un gesto de mano y me dice: y tú qué sabrás de modas, Darío, y le da otro traguito a la cerveza, así, apretando los labios y mirándome con un ojo, de reojo. Bueno, y entonces me dice: le metieron a Rosario un bloque de hielo por la ventana, y yo: ¿por la ventana?; y él: sí, por la ventana. ¿No sabes una que da a la calle y que tiene puestos unas barrotes muy separados, que por ahí cabe de todo y no los quiere cambiar? Y es verdad, Chico, porque yo ya se lo dije, doña Rosario, que por ahí le entran, que esa ventana no levanta más de un metro y medio del suelo, y eso no sirve, que falta un barrote en el medio, que yo por poco dinero se lo arreglo, y ella, sin dejar de barrer: estaría bonito, gastar el dinero en eso, para lo que me queda de vida..., y yo ahí, apunto de decirle: ¡pero si está usted hecha una niña!, pero al final callándome. Le metieron un bloque de hielo por la ventana, a la hora de la siesta, al parecer, que por eso no se enteró en el momento. Un bloque de hielo así, me dijo el Alberto. Chico, así, como tú de largo —oigo los brazos del viejo extenderse en el aire y bajar después contra los muslos— qué barbaridad; como te lo estoy contando, Chico, un bloque de hielo por la ventana, grande como tú de largo, que tuvieron que meterlo empujando, haciendo fuerza; porque los barrotes están mal puestos, que yo ya sé lo dije a la Rosario, pero aún así, para meter eso por ahí..., válgame Dios, vamos, que es una cosa que no se ve todos los días. Y con el calor que hace, a las tres de la tarde, figúrate tú, me dice Alberto, para sacar eso de la cocina, la Rosario. Cuando lo vio..., porque es la ventana que da a la cocina, que menos mal que no es la que da al salón porque ahí con los cables y todo eso se pudo electrocutar, que no es cosa de broma, Darío, y yo: no, no es cosa de broma; y no lo es, Chico. Imagínate que nos hacen algo así, o peor, porque yo sé que fueron esos diablos. No sé quién habrá podido ser, me dijo el Alberto y yo ya, ahí, sin dudarlo: Esos diablos, Alberto, que siempre andan maquinando. Y él: ¿quiénes, los niños?, y yo: <<Claro>>, y él: no sé yo, Darío, les tienes manía. Pero yo te digo que fueron ellos, Chico, quién le iba a meter un bloque de hielo a la Rosario por la ventana, ¡con sus noventa años!, ellos, ¡ellos!, está claro, Chico. Así que tenemos que —oigo al perro bostezar—. Ah, tienes sueño, eh, Chico; ya veo, sí; vamos a la cabaña. Mira qué luna hay hoy, eh, esto no se ve todos los días. Qué preciosidad, llena, llena.

Oigo al viejo y al perro alejarse, internándose en el bosque situado a la espalda de mi casa.

Los grillos dejan de cantar. Alguien viene.

El niño del pelo rojo sube por la colina.

XXXV

—Mirad, ¿veis? Ahí sigue —dice el niño del pelo rojo señalando algo en mi puerta. Los demás se agachan y se inclinan hacia la puerta para ver mejor.

—Sí, sí, es verdad.

El mar golpea la tarde.

—Qué idea tuviste, macho, pegando la tira de celo en la puerta para saber si entraba o salía alguien —le dice el de los granos al niño del pelo rojo.

El niño de gafas pasa un dedo por la parte baja de mi puerta, arrastrándolo, levantando un sonido seco y extendiéndlo por la rugosidad de la madera.

—Sí, ahí sigue pegada —dice, enderezándose.

—Como los ojos no te valen, te tienes que valer de las manos, eh —comenta uno.

—Jajaja —algunos ríen.

—Qué gracioso eres —dice el de gafas—. Ayer no te reías tanto, cuando fuiste el primero en salir corriendo.

—¿Y no saliste corriendo tú?

—Sí, tú también saliste.

—Por su culpa, que gritó: ¡Un fantasma!

—¿Y éste?, que tropezó y cayó y luego quería seguir a gatas, que con el miedo no se daba puesto de pie.

—Jajaja.

—¡No es verdad! Inventas.

—No invento.

—Sí, inventas, qué ibas a ver tú, si no hacías más que mirar hacia delante y gritar: ¡un lobo!, ¡un lobo!, ¡un lobo!

—Jajaja.

—Es verdad, ahí tiene razón, parecías Caperucita.

—Jajaja.

—No sé que hago con vosotros —dice el niño del pelo rojo—. Todos huisteis ayer como cobardes. Eso no es de hombres.

Uno hace ademán de hablar, pero se calla

—¡Un fantasma!, ¡un fantasma! —dice el niño del pelo rojo, haciendo burla con la voz—; ¡un lobo!... un lobo... Dabais asco. Vergüenza. Y mientras los demás estabais dormidos, como bebés, yo seguía dándole vueltas al asunto, porque dependéis todos de mí, si no fuera por mí estaríais haciendo ahora el tonto, jugando a saltar a la cuerda o haciendo a saber qué. Mientras vosotros estabais arropaditos en las camas de la casa del abuelo de éste, dormidos, ahí seguía yo, despierto, dándole vueltas al asunto, por puro coraje, para limpiar la vergüenza vuestra, por puro orgullo, como hacen los hombres, ¡no sé cómo tuvisteis ganas de dormiros!, ¡después de la huida! ¡Huisteis de un viejo! ¡De un viejo! Yo no podía dormir con la rabia, ¿y vosotros?: dormidos, como si os hubieran dejado secos. Tú —el niño del pelo rojo señala al niño corpulento—, tú roncabas, ¡roncabas como un viejo!

—Yo-yo.

—Tú-tú-tú... Os dije: no os vayáis, os grité: ¡volved!, sólo es el viejo, y me dejasteis tirado, que a mí eso me da igual, que yo me las arreglo solo, pero vosostros sin mí, no, por eso ahora, gracias a mí, vamos a tener un sitio sólo para nosotros. ¿Es así o no?

—Sí —murmura uno tímidamente.

—¿Sí o no? —dice el niño del pelo rojo abriendo los brazos.

—Sí, sí.

—Sí.

—Sí, sí —comienzan a decir los niños cada vez más alto, sumándose.

—¡Sí!

—¡Sí, sí!

El niño del pelo rojo sonríe satisfecho.

—¿Y cómo se te ocurrió lo de poner la tira de celo transparente en la puerta?

—Porque soy listo y tengo coraje —dice el niño del pelo rojo—. Por puras narices que no me iba a quedar así, sin hacer nada. La idea se me ocurrió de golpe, con la rabia que tenía, me vino de golpe y entonces cogí una linterna y me vine aquí, yo solo, en mitad de la noche, y, ¿veis?, ahí sigue pegado el celo, eso es que no hay nadie, si no, al abrir la puerta, se hubiese despegado.

—¿Entonces ahora esto es nuestro?

—Sí —dice el niño del pelo rojo.

—Nuestro.

—¡Nuestro, nuestro! —gritan.

El niño del pelo rojo hunde la mano en el bolsillo de su pantalón, un sonido de plástico contráyéndose se despliega contra la piel de su mano. Introduce el trozo de plástico entre el marco y la puerta, el sonido del roce contra la madera sube por los tablones hacia mi ventana, me desplazo hacia el baúl, sin levantarme del suelo, el baúl, el baúl, los goznes, la tapa cayendo, el calor, la oscuridad, el sudor deslizándose por la frente, absorbido en el pecho y la espalda por la camisa, un sonido de líquido bebido por la tela, un golpe abajo, un golpe de hombro contra la puerta, la piel contra el hueso del hombro, la puerta emite un eco, sube hasta mí por los pilares de madera de la casa, otro empellón, el plástico subiendo y bajando, como un hachazo, chocando contra el pestillo, un sonido metálido cediendo, el plástico venciendo el cerrojo, otro golpe de hombro.

—¡A ver, Tartaja, tírate contra la puerta que esto no cede!

La carrera de pasos sobre la hierba, el golpeteo del corazón, el hombro, el cerrojo, el plástico liberado, la puerta, los goznes, el golpe de la puerta contra la pared.

—¡Listo!, ¡listo!

—Ca-casi me-me mato.

—Jajaja.

—¡Estás hecho un toro, Tartaja!

—Muy bien —oigo la voz del niño del pelo rojo—. Esto es nuestro.

Sus corazones latiendo dentro de la casa.

—¡Qué mal huele aquí!

—¡Claro!, mira cómo dejó el Gorrión todo, ¡con el banquete que se pegó!

—Jajaja.

—Qué asco.

—Las plumas, ahí siguen.

—Sí, mira, mira.

—No me empujes.

—Yo no pensé que se lo fuera a comer.

—¿Y qué iba a hacer? No tenía otra.

—Sí, sí, es verdad.

—Mira...

—Hoy no vino.

—No.

—¿Tú lo viste por ahí?

—No.

—Yo tampoco.

—Ya vendrá —dice el niño del pelo rojo.

—No sé... —dice uno.

—¿Y qué va a hacer?, ¿se va a quedar solo todo el verano? —les dice el niño del pelo rojo—. Ya veréis como ese vuelve. Es un cobarde.

Oigo pasos sobre los tablones del suelo, dirigiéndose hacia las escaleras.

—¿A dónde vas?

Cruje el peldaño del primer escalón. El sonido de una mano apoyándose contra la pared de madera, la piel de un cuello plegándose hacia un lado, la tensión en los músculos cervicales.

—Voy arriba. Se me está ocurriendo algo —dice el niño del pelo rojo.

Cruje un escalón y otro y otro...

—Vamos, ¿subimos, no? —dicen abajo.

—Sí, sí.

Cruje un escalón y otro y otro..., los tenis doblándose por sus puntas, la tensión del peso de los cuerpos en las rodillas, bajando por las tibias hasta los pies, descargándose en el suelo. Cruje un escalón y otro y otro... Está mirando. El niño del pelo rojo está mirando para aquí, está mirando fijamente para el baúl, quieto en la puerta, ¿me habrá visto?, ¿cómo?, es imposible.

—¿Qué haces?

—... Vamos... vamos bajando —dice el niño del pelo rojo.

—Pero...

—Vamos... —repite pensativo el niño del pelo rojo.

Los niños comienzan a bajar por las escaleras.

—¡Eh, que te caes!

—Pero qué haces, ¡no me empujes!, tú eres tonto.

—Jajaja

—¡Casi te matas, topo!

—Mira que sois burros.

—Jajaja

—¡Eh, mirad, las llaves!... ¡Allí, en la cocina!

—Cógelas —dice el niño del pelo rojo—... Esto es nuestro.

—Sí, nuestro —gritan.

—¡Sí, sí! ¡Nuestro!

XXXVI

Han entrado moscas dentro de la casa, oigo su zumbido abajo, dando vueltas sobre los restos del pájaro. Oigo sus alas, el golpe de sus alas en el aire pesado de la tarde. Hay pasos fuera, sobre la hierba.

—Oh, vaya, mira, Chico, se han dejado la puerta abierta. Oiga... ¡Oiga! —la voz del viejo sube por mi casa—. Hay que avisar, Chico, porque esos diablos andan rondando siempre por aquí y son capaces de hacer cualquier cafrada. Oiga... ¡Oiga! ¿Hay alguien en casa?... Oiga —la voz del viejo sube envuelta en el sonido de las alas de las moscas—. Pues parece que no hay nadie —el viejo pone un pie en el interior de la casa, crujen las tablas del suelo—. Tú espera aquí, Chico; oiga. Mire..., no sé si habrá alguien —murmura el viejo—. ¡Oiga! , mire, tiene la... ¿Pero qué es esto? ¡Por Dios! ¡Qué salvajada! ¡Por Dios!

Los pasos del viejo resuenan acelerados por el entablado, saliendo hacia la puerta. El viejo tira de la puerta y sale.

—Chico, qué barbaridad, madre mía, qué cosa, Chico, todo lleno de..., la mesa, Chico, toda llena de...

—Guau —ladra el perro.

—Chico, todo lleno de, ¡la mesa con manchas de sangre! ¡Plumas!, ¡todo tirado por ahí!, ¡un pajarillo! ¡Crudo, Chico, crudo!, como medio comido, una pata por ahí tirada, huellas de unos dedos... otra patita por allá, tirada, medio roída. Esto parece cosa de brujería, Chico. ¡Válgame Dios! —el viejo se quita la gorra y se pasa la mano por la cabeza —. Válgame Dios, ¿pero quién vivirá aquí, Chico? Esto no es natural. Madre mía.

La mano del viejo apretándose en torno al mango del carro, las ruedas que empiezan a girar, chirriando, sobre la hierba.

—Mira, Chico, y por allá vienen esos diablos.

El viejo levanta el brazo y señala a lo lejos; el perro alza la cabeza, el sonido de su lengua pendulando entre los dientes, respirando contra el aire pesado de la tarde, el movimiento de sus costillas bajo la piel haciendo subir y bajar su pelo corto.

—Guau —ladra.

—Calla, Chico.

La tensión de los cuartos traseros del perro contraídos, el movimiento nervioso de sus orificios nasales, la inclinación de su cabeza hacia un lado.

—Guau.

El roce de su pezuñas contra la tierra al ladrar.

—Calla, Chico, calla. Vámonos por allí, que no nos vean, no estoy ahora para líos... se me ha puesto mal cuerpo con lo de la casa. Vamos, Chico, vamos.

Las ruedas del carro girando, los golpes del mar, el zumbido de las alas de las moscas dentro de mi casa.

XXXVII

—Qué calor, esto es un rollo —dice uno de ellos. Están recostados frente al campo de trigo, el sol cae a plomo sobre sus rostros y los hace sudar.

El niño del pelo rojo tiene una espiga sujeta entre los dientes, como si fuera un palillo, y la zarandea con la lengua. Está, como los demás, tumbado sobre la espalda, con las piernas cruzadas, acompañando el balanceo de la espiga con el de su pie derecho.

—A ver si viene ese estúpido de una vez —dice, y se quita la espiga de la boca, la levanta hasta colocarla delante de los ojos y ésta brilla recubierta por la saliva contra el sol. Luego vuelve a escarbarse los dientes con ella. El sonido de las olas del mar golpea la tarde.

—Bah, tendría que haber estado aquí —el de gafas mira el reloj— hace media hora. Ya no viene.

—¿Y por qué no vamos al cine a ver la película del árbol? Mi primo fue a verla y me dijo: es fantástica, tienes que verla, muchacho, es fantástica.

—¡Dios, qué asco! —exclama uno, levantándose del suelo como un resorte, y comienza a sacudirse la ropa— Estoy lleno de hormigas.

—Entonces tiene que haber un hormiguero ahí, déjame ver, déjame ver, apártate.

—No me empujes —dice el otro, que sigue sacudiéndose la ropa.

Todos se acercan, algunos se ponen de pie y otros se aproximan a gatas.

—Yo no veo nada.

—A ver, apartaos que así no se ve nada.

—Sí, mirad, mirad, aquí está —dice uno hurgando con un dedo en la tierra.

—Quitaos de ahí —dice el niño del pelo rojo mientras se acerca. Se pone en cuclillas, se quita la espiga de la boca y la introduce en el agujero—. No, eso no es de hormigas, es de grillos —dice.

—Pero por aquí hay hormigas.

—¿Y qué tiene que ver?, hormigas hay por todas partes. Este agujero es de grillo —va a volver a meterse la espiga en la boca, pero cuando se la está aproximando a la cara, se detiene y la lanza al campo de trigo—. Lo que pasa es que las hormigas pasan por aquí, pero este agujero es de grillo.

—Ah.

—¿Y qué hacemos?

—Po-po podías poner las gafas en-en encima del agujero —le dice el más corpulento al de gafas.

—Sí, así con el sol seguro que se calienta el cristal y lo hace salir.

—No, eso no sirve. Lo mejor es mearle encima —dice el niño del pelo rojo.

—Eh, mirad, ahí viene.

El niño del pelo rojo se levanta y se pone la mano sobre la frente. A través del camino de tierra el niño de la cabeza vendada se acerca desde el pueblo.

—¡Mucho tardaste! —grita uno— ¡Apura!, ¡apura! ¡Vamos, ven!

El niño de la cabeza vendada comienza a correr a través del campo de espigas.

—¡Ya voy! ¡Ya voy!

—Trae los petardos —dice el niño del pelo rojo, bajando la mano.

—Mira.

—Sí, no está mal —dice el niño del pelo rojo, sopesando los petardos en su mano.

—Lo que no traje fue mechero. Como no me dijiste nada... no me di cuenta.

El niño del pelo rojo sonríe.

—No pasa nada, de eso ya me encargo yo —y saca de su bolsillo un paquete de tabaco.

—¡Anda!, cigarrillos.

—A ver, a ver.

Todos se arremolinan en torno a él.

—Sí, bueno, no tiene importancia —dice el niño del pelo rojo, mientras abre la cajetilla y saca un mechero del interior.

—¿Y hace mucho que fumas? —pregunta uno.

—Sí, claro, ya ni me acuerdo desde cuándo, es natural, cosa de hombres, claro.

—¿Y qué se siente?

Los niños comienzan a pasarse la cajetilla unos a otros.

—Nada en particular, no hay que darle importancia.

—A ver, déjame ver.

—Toma.

—Déjame ver, déjame ver.

El niño del pelo rojo no deja de sonreír.

—Dicen que dan ganas de toser.

—Eso es sólo al principio —los niños lo observan con gran atención—, cosa de novatos, pero luego ya no, ahí está la gracia.

—Pues mi abuelo fuma desde siempre y todas las mañanas tose como si lo estuvieran golpeando con un palo en la espalda. Se encorva así y parece que croara, como un sapo.

—Eso es porque es un viejo —dice el niño del pelo rojo.

—Sí, es verdad, que es viejo.

—Sí, tu abuelo es muy viejo, a veces se queda dormido en los banquillos de lo viejo que es.

—¿Te acuerdas del día en el que se le posó una gaviota en las piernas y no se despertaba y la gente del parque llamó a la policía porque pensaban que estaba muerto?

—Sí, es verdad, eso fue porque tenía migas de pan por todo el pantalón y lo único que decía después en casa era, no sé de dónde habrán salido todas esas migas, yo no comí nada, no hay explicación, y mi padre miraba para mi madre todo el rato y mi madre no dijo nada en toda la cena, y después oía a mi abuelo que le gritaba a mi madre, desagradecida, desagradecida, yo no voy a ningún moridero, yo no voy a ningún asilo, y mi madre le decía, vas a despertar al niño, papá, vas a desperar al niño.

El niño del pelo rojo se guarda la cajetilla en el bolsillo y enciende el mechero para probarlo.

—¿No fumas uno ahora?

—No, ahora no me apetece, ya fumé uno antes. Vamos a tirarles los petardos a las ranas del riachuelo.

—¡Sí!, ¡tonto el último!

Los niños inician una carrera colina arriba hacia el bosque que se levanta a la espalda de mi casa.

—¿Y si está el viejo del bosque y nos coge?—le dice uno resollando al que va corriendo a su lado.

—Es verdad, el viejo loco.

Se paran.

—¿Por qué os paráis?

—¿Y si está el viejo por ahí?

—Es verdad, el viejo.

Todos se detienen, a unos tres metros de mi casa.

—Pero no me fastidies, ¿ya estáis otra vez con lo mismo? —dice el niño del pelo rojo.

—No, es que... —dice uno bajando la cabeza.

—No...

—¿Entonces?

—Tiene un perro grande.

—Al viejo no lo vi cuando venía de comprar los petardos —dice el niño de la cabeza vendada.

—El viejo a esta hora siempre anda por la playa con el asqueroso de su perro —dice el de gafas.

—Sí, siempre va por la playa a esta hora, y cuando ve venir a una mujer, se quita el sombrero, inclina la cabeza y dice, señora...

—Está loco.

—Dicen que come pájaros y que habla con los árboles y que hace cosas de magia ahí en el bosque.

—¿Sí?

—Y dicen que por eso vive en el bosque, y que el perro ese que tiene antes era un lobo de las montañas y que él lo convirtió con su magia en un perro.

—¿Al perro?

—Eso te lo acabas de inventar.

—Bueno, lo del lobo no estoy seguro de haberlo oído, pero lo demás sí.

—Pues dice mi abuela que ese viejo es un señor muy educado, de los que ya no quedan, dice.

—¿De los que ya no quedan?

—Sí, no sé...

—Tu abuela lo que pasa es que está enamorada de él.

—¡Pero si mi abuela está viuda!

—Es verdad, su abuela está viuda.

—Mi madre dice que tu abuela es una viuda alegre.

—¿Y eso qué es?

—No sé... —dice alzando los hombros.

—Pero eso es lo que le decía mi madre a la peluquera el otro día.

—¿No me digas que vas a la peluquera?

—No, no, yo voy al barbero. Es que tenía que acompañarla a hacer unos recados, pero eso era lo que le estaba diciendo, y la peluquera le decía a mi madre, a esa señora le va la marcha.

—¿La marcha?

—Sí, eso era lo que le decía, y se reían todo el rato.

—Qué aburrimiento.

—Ya, yo escuchaba porque me aburría, que si no...

—Las hay desesperadas, le decía.

—¿Desesperadas?

—Sí, y que el viejo loco ese siempre anda por la playa diciendo, tanta manía con las jovencitas, tanta manía con las jovencitas, pero las señoras son las que saben de amor, y se quita el sombrero y dice, señoras, y la peluquera decía, eso es para que alguna incauta le compre una de esas horribles tallas de madera, y mi madre le decía, y la Germu dice que le compra las tallas por caridad cristiana, porque le da pena, un hombre ya de esa edad, que tenía que tener ya una familia y una buena casa, y un buen sofá para sentarse a echar la siesta, y la peluquera le dijo, qué desvergonzada, el sofá se lo quiere poner ella, y luego se rieron. Seguro que ese lo hace por un bocadillo. No creo que haga ya nada con esa edad, ay chica, ahí abajo los hay que se mueven muy bien con la lengua, pues mi marido no es de esos, eh, y volvieron a reírse.

—La Germu es mi abuela.

—Claro, hombre, por qué crees que te lo cuento.

—¿Ahí abajo?

—Bueno, ¡pero de qué tonterías estáis hablando! —los interrumpe el niño del pelo rojo— ¡Venga, vamos!

—Es verdad, es verdad, vamos a por las ranas.

—Sí, ¡tonto el último!

XXXVIII

—Jobá, macho, qué pasada, cómo reventaban las ranas.

Los niños vuelven del bosque.

—Pues mira cómo me puse el pantalón.

—Jajaja, parece que te has meado.

—Esto te pasa por meterte en la charca a coger un sapo para darle de fumar, total no reventó ni nada.

—Ya, pues mi tío me había dicho que sí, que si le metías un cigarro en la boca a un sapo, fumaba y luego reventaba con todo el humo.

—Menuda trola.

—A lo mejor es que hace falta un tabaco especial.

—Qué va, es cuento.

—Cuando te vea tu madre...

—Eso me da igual... Además, con este calor enseguida seca.

—Pues no sé cómo lo cogiste, ahora te van a salir verrugas en las manos.

—Mi tío no las tiene.

—Y qué tiene que ver, también te dijo que si les dabas de fumar reventaban, y no.

—Pero el sapo fumar, fumó.

—¡Sí!, todo de una vez, sin soltarlo, parecía mi abuelo.

—Jajaja.

—Qué bárbaro, se le veía cara de vicio.

—Sí, se parecía a ti.

—Jajaja.

—Qué quieres, qué te deje seco.

—Hombre, parecer se parecía, eso reconóceselo.

—Jajaja.

El de gafas se acerca corriendo al niño del pelo rojo, que marcha varios metros por delante del grupo.

—Oye, ¿tú crees que vendrá? —le pregunta.

—Sí, claro, ya os lo dije; es un estúpido. Además, qué va a hacer todo el verano solo... Ya verás como viene.... ¡A ver, apurad, que no sé de qué habláis ahí detrás!

—Es que... con lo del otro día... —dice el de gafas.

—El Gorrión siempre vuelve al nido, ya verás. Tú tranquilo... Ya verás qué bien lo vamos a pasar. ¡El pájaro a la jaula! —dice el niño del pelo rojo.

—¡Sí!, ¡el pájaro a la jaula!

—Ya verás, ya verás... —el niño del pelo rojo se detiene y se gira—. Bueno, ¿qué?, ¿es para hoy? —les grita a los demás, que caminan riendo varios metros atrás— ¡Que va a llegar el Gorrión y no vamos a tener el asunto preparado!

—¡Es que este se ha meaooo! —contesta uno gritando.

—¡Pero otra vez! —exclama el niño del pelo rojo sonriendo y abriendo mucho los brazos.

—Jajaja.

El de granos comienza a correr hacia el niño del pelo rojo y el de gafas.

—¿Quién va a subir a la casa? —pregunta al alcanzarlos—. Cuando vea el Gorrión la que le tenemos preparada... ¡Qué jugada! Ay topo, topillo, qué cabrones somos —le dice al de gafas revolviéndole el pelo.

—Topo tu padre, paella, que tienes más cráteres en la cara que el planeta Marte, ya estoy harto, pareces tonto, todo el día tocándome el pelo, eres más tonto que el primo del Chancleto.

—Y tú tienes los ojos que parecen los agujeros del culo de dos perros cagando; todos llenos de legañas y de mierda siempre. Legañoso, tonto como el primo del Chancleto lo será tu padre, que así saliste tú, cegato de ojos de culo.

—¡Por lo menos no soy pobre como tú! —le responde el de gafas señalándolo con el dedo.

—¡Pelea! ¡Pelea! —grita el que tiene los pantalones mojados, y todos comienzan a correr desenfrenados hacia ellos.

—¡Rómpele las gafas, rómpele las gafas al topo! —va gritando uno.

Forman un corro alrededor de los dos niños que se observan sin terminar de decidirse, aguardando cada uno el primer movimiento del otro.

—Me-métete con alguien de tu-tu ¡tamaño! —exclama el niño corpulento abandonando el círculo y avanzando a grandes pasos hacia el de granos.

—Déjalos —le dice el niño del pelo rojo. El niño corpulento se detiene, desvía la mirada y vuelve a integrarse en el círculo.

Los dos contendientes siguen observándose, el de gafas se las recoloca con un gesto nervioso, aproximándoselas con el dedo índice hacia el entrecejo. Después, como si quisiera disimular el gesto, se toca la nariz.

El niño del pelo rojo se acerca al corpulento, y entre el bullicio y los gritos alterados de los demás, le dice al oído.

—Vete a la casa, sube arriba y deja abierto el baúl. Luego vuelve. No tardes.

El corpulento, con la cabeza ladeada hacia el niño del pelo rojo, pestañea lentamente, como tratando de asimilar así sus palabras. Mira a los que van a pelearse y al niño del pelo rojo, sin saber qué hacer. Tras unos segundos asiente y abandona el círculo.

Se dirige hacia mi casa.

—¡Deja el camino despejado! —le grita el niño del pelo rojo.

XXXIX

Encerrado en el cuarto de baño de la habitación, lo oigo tras la puerta. Sube pesadamente por las escaleras. El crujido de los escalones se suma al golpe de su respiración.

—Tonto, tonto, es-estúpido —va diciendo.

Cruza el umbral y entra en el cuarto. Se detiene.

—Deja el camino des-despejado —dice, haciendo burla del niño del pelo rojo.

Lo oigo caminar por la habitación, recogiendo las bolsas de suero que no se rompieron y lanzándolas dentro de la maleta tirada en el suelo. El peso de su cuerpo hace sonar las tablas.

Se inclina, sus músculos dorsales se tensan al agarrar los laterales de la maleta con las manos. Sus lumbares se aprietan y movilizan. El niño corpulento se endereza con el empuje de la cadera, oigo que alza la maleta y la deja caer sobre la cama. Los muelles se hunden y chirrían un segundo al comprimirse.

El niño camina hacia el baúl. Levanta la chapa del cierre y lo abre. El sonido metálico de los goznes golpea el aire del cuarto.

Está ante la ventana, su respiración choca contra el cristal y retrocede repelida por éste. Debe de estar tratando de averiguar el resultado de la pelea entre el niño de gafas y el de granos. Se da la vuelta y sale del cuarto. Ya baja rápidamente por las escaleras.

XL

—¡Parad que viene por allí el Gorrión! —grita el niño del pelo rojo, cuando el corpulento sale corriendo de mi casa.

El niño de granos y el de gafas se levantan del suelo, tienen la ropa manchada de tierra y briznas de hierba.

—Casi te rompe las gafas, eh.

—Eso para que vuelva —dice el de granos respirando con agitación.

—Porque me cogió de los pelos, así no pelean los hombres —el de gafas apoya las manos en las rodillas y toma aire.

—A ver si te ganas otra.

—Parecéis estúpidos, ¿no os acabo de decir que viene por allí el Gorrión? Mirad —dice el niño del pelo rojo, indicándoles con la cabeza la llegada del Gorrión que avanza a través del campo de trigo—. No tiene que sospechar nada.

—Eh, ¿y si cogemos esa manta del sofá y se la tiramos encima? —dice uno, señalando hacia el interior de mi casa.

—Sí, lo pescamos.

—Sí, jajaja.

—Vale, vale —dice el niño del pelo rojo—. Cógela, y a mi señal, se la lanzas.

—Sí, ya voy, ya voy... ¡Lo voy a pescar!

—Jajaja.

—Bueno, pero no os riáis, que se va a dar cuenta, hay que estar serios, muchachos —dice el de granos.

—¡Pero si eres tú el que te estás descojonando!

—Callad, callad... ¡Hoolaaa, te estáaabamos esperaaando! —le grita el niño del pelo rojo al Gorrión que sube por la colina.

—¡Hola!

—¡No veas qué bien lo pasamos, fuimos al bosque a tirarle petardos a las ranas y éste cogió un sapo y le metió un pitillo en la boca porque le dijo su tío que así reventaban!

—¿Y reventó?

—¡No, qué va, puro cuento, y mira cómo se puso, parece que se meó! ¡Vamos, ven, ven!

—¡Ya voy!

El Gorrión apura el paso y los niños lo miran sonrientes.

—¿Qué tal, amigo? Oye, perdona por lo del otro día, se nos fue el chiste de las manos —le dice el niño del pelo rojo.

El Gorrión sonríe aliviado.

—No pasa nada, muchachos, ¡mira que no nos reímos también el otro día de este...! —dice el Gorrión ya animado y señalando al que tiene la cabeza vendada—, ¡cuando se escapó llorando de la tormenta mientras tú seguías abrazado a aquel árbol!... ¡Qué historia!

El niño de la cabeza vendada mira fijamente al Gorrión.

—Sí. Ja, es verdad... ¡Paliza al Gorrión! —grita.

Un niño lanza con rapidez la manta sobre el Gorrión.

—¡Paliza! —repiten los demás avalanzándose sobre el Gorrión que trata de liberarse de la manta.

—¡Paliza!, ¡paliza!, ¡paliza!

—¡Paliza al Gorrión!

Los niños gritan, ríen y descargan puñetazos terribles sobre el Gorrión cubierto por la manta.

El Gorrión cae al suelo y los niños siguen sobre él golpeando.

—¡El pájaro a la jaula! —grita el niño del pelo rojo.

—¡Sí, el pájaro a la jaula!

Los niños levantan al Gorrión del suelo, envuelto en la manta. El niño se revuelve y grita desesperado: ¡No, dejadme, dejadme!

Yo sigo encerrado en el baño, oigo que empujan la puerta de la casa, lo traen en volandas, sujeto entre varios. Los niños entran en la casa riendo y gritando.

—¡El pájaro a la jaula!, ¡el pájaro a la jaula!, ¡el pájaro a la jaula! —suben por las escaleras.

—¡El pájaro a la jaula!, ¡el pájaro a la jaula!, ¡el pájaro a la jaula!

Entran en mi cuarto con el Gorrión, sujeto entre los brazos, que trata de zafarse soltando patadas a través de la manta.

—¡Dejadme, dejadme! —grita.

Su corazón se acelera, golpea el aire como un tambor.

—¡El pájaro a la jaula!, ¡el pájaro a la jaula!, ¡el pájaro a la jaula!

—¡Dejadme, dejadme!

—¡Al baúl!

—¡A la jaula!

—¡A la jaula con él!

Lo tiran dentro del baúl. El golpe seco de su cuerpo contra la madera inunda el cuarto.

—¡Dejadme, dejadme!

—¡No tenemos la llave! —dice uno, abalanzándose sobre la tapa para bajarla.

El niño golpea desde el interior del baúl.

—¡Sacadme, sacadme!

—Empujad, empujad ahí, que la abre —dice el niño del pelo rojo.

El niño del pelo rojo pone el pecho contra la tapa y recorre apalpando frenéticamente con la mano la superficie del baúl.

—¡No hace falta la llave, bajad la chapa del cierre y desde dentro ya no puede abrirlo! —dice.

—¡Sí, sí, bajadla!

—Ya voy, ya voy —dice el de gafas— ¡Listo!

—¡Sacadme, sacadme!

Su corazón, su corazón se acelera, golpea el baúl, golpea su pecho, golpea su sangre. Se ahoga, se ahoga.

—Jajaja.

—¡Eh!, ¿os quedan petardos? —pregunta el niño del pelo rojo.

—No.

—Los niños rebuscan nerviosamente en los bolsillos.

—¡No a a mí tampoco!

—¡No!

—¡Vamos al pueblo a comprar más y se los ponemos en la cerradura! —dice el niño del pelo rojo.

—¡Sí, sí!

—¡Menuda fiesta, eh Gorrión!

Los latidos de su corazón..., los latidos de su corazón se detienen.

—¡De aquí no sale, tranquilos! ¡Vamos, vamos!

—Sí. Jajaja. Vamos.

Los niños se marchan corriendo escaleras abajo.

El Gorrión está muerto. Ya no escuchó su corazón.

XLI

—Jajaja.

Los pasos de los niños en los escalones. La punta de los tenis doblándose sobre la madera.

—Gorrión, Gorrioncitooo —dice el de gafas subiendo por las escaleras.

—Te traemos iluminación para tu jaula —oigo el crujido de los petardos apretados en la mano del niño del pelo rojo.

Los niños van entrando en el cuarto.

—Hola Gorrión.

Oigo al niño del pelo rojo caminando hacia el baúl. Abre la mano, coge un petardo y lo mete en la cerradura. Rebusca en un bolsillo.

—Esperad —dice.

Oigo el sonido de la tela vaquera del pantalón cediendo al paso de la mano del niño del pelo rojo, el aire golpea el metal del mechero y vibra a su alrededor repelido por el calor de una llama.

—Vamos a celebrarlo con un pitillo —dice.

La mano del niño del pelo rojo vuelve a hundirse en el bolsillo, escucho la contracción del cartón contra los cigarrillos, el movimiento de las briznas sueltas de tabaco en el fondo de la cajetilla.

El niño del pelo rojo prende el cigarro, el filtro esponjoso se hunde y ablanda bajo la presión de sus labios. La combustión llena el cuarto de un olor agrio y denso. El filtro vuelve a recobrar su forma, el niño del pelo rojo echa el humo.

—¿Queréis?

—No sé.

—Yo sí, trae, trae —dice el de gafas.

El niño de gafas tose ruidosamente.

—¡Qué mareo! —dice.

Los demás ríen.

El de gafas le devuelve el cigarrillo al niño del pelo rojo. Este lo deja caer sobre el entablado y lo pisa.

—Bueno, ya está bien —dice.

El cigarro cruje aplastado y restregado bajo la suela de su tenis.

—Gorrión, prepárate —dice el niño del pelo rojo contra la tapa del baúl. Oigo cómo coloca un petardo en la cerradura.

Enciende el mechero y prende el petardo.

Los niños corren y se ponen a cubierto agachándose tras la cama. Escucho cómo deslizan los dedos índices en sus oídos. En un acto desesperado me llevo las manos a las orejas y me meto dentro de la ducha, me estremece el movimiento de mi cuerpo, el silbido de la mecha del petardo consumiéndose, la respiración agitada de los niños tras la cama. Aguardo la explosión contra el baúl. Oigo el avance de una masa líquida en el aire lanzada violentamente desde la boca de una botella. El líquido cae sobre la llama y la apaga.

—¿Qué haces? —dice el de gafas susurrando tras la cama.

El niño del pelo rojo termina de levantarse apretando una botella en su mano.

—Si estalla seguro que salta la cerradura —dice.

—Es verdad, es verdad —los niños uno a uno van poniéndose de pie.

—Menos mal que te diste cuenta.

El niño del pelo rojo traga saliva.

Sonríe, pero rápidamente aprieta los dientes y frunce el ceño.

—¿Y ahora qué hacemos?

Uno de ellos alza los hombros y vuelve a bajarlos.

—No sé —dice.

—Ya-ya está bien —los interrumpe el niño corpulento.

—¿Pero qué haces, Tartaja?

El niño corpulento se dirige hacia el baúl.

—No-no lo vamos a dejar a-ahí todo el día —dice.

—Tú eres tonto.

El niño corpulento abre el baúl, chirrían los goznes, se gira hacia los demás.

—La broma ya-ya llegó muy lejos.

Se inclina sobre el baúl abierto.

—Va-vamos, Gorrión —dice—. Ya-ya puedes salir.

El niño corpulento da unos toques ligeros con la palma de la mano al niño muerto.

—¿Go-gorrión?

Coge la manta y tira de ella, el cadáver se mueve un poco en el baúl. El niño corpulento vuelve a tirar de la manta, la alza en el aire y la lanza fuera del baúl.

—¿Go-gorrión?

—¿Qué pasa, Tartaja?

Los niños van acercándose.

—No-no se mueve.

—Anda, quita de ahí, no sea tonto.

—Venga, Gorrión.

—Este nos quiere dar un susto.

—Gorrión.

Los niños comienza a tocar el cadáver nerviosamente, apalpando, todos inclinados sobre el baúl, una marea de manos moviéndose cada vez más rápido a medida que crece en el interior de cada uno la idea de que el Gorrión está muerto.

—No puede ser.

Los niños se apartan del baúl sobresaltados.

—Dejadme a mí —dice el niño de pelo rojo apartando a los demás e inclinándose sobre el baúl—. A ver si finges ahora, estúpido —oigo el deltoides posterior y el músculo dorsal derecho del niño del pelo rojo contrayéndose, replegando su brazo hacia atrás y liberándolo después violentamente contra el cuerpo del Gorrión muerto. Los nudillos del puño del niño rojo se hunden sobre del pecho del Gorrión que devuelve bajo el impacto un sonido seco y apagado.

—No puede ser —murmura para sí el niño del pelo rojo y descarga otro golpe, y otro y otro.

—¡Para!, ¡para!, ¿no ves que está muerto? —dice el de granos.

—¡Muerto!, ¿qué dices?, ¿muerto? —los demás comienzan a mirarse alterados, escucho sus cuellos girarse, los ojos abriéndose y cerrándose, el aumento del pulso de la sangre en las muñecas, la sudoración aflorando por los poros, los dientes apretándose, la tensión en las mandíbulas, manos subiendo y bajando—, ¿muerto?, ¿muerto? —muecas de terror en los rostros, dominando los rostros.

—¿Y ahora qué hacemos? —pregunta uno, con la voz apagada, como si hablara desde muy lejos, como si estuviera hundido en un pozo.

—Esperad —dice el de gafas—, a lo mejor está desmayado.

Escucho la mano del niño de gafas posarse sobre el pecho del niño muerto.

—No..., no le late el corazón —dice.

En un acto mecánico va subiendo la mano por el cuerpo del Gorrión hasta situarla delante de la nariz del muerto.

—No..., no respira.

Se aparta violentamente del baúl.

—No, no respira —repite, conmocionado.

El niño del pelo rojo sale de la habitación. Camina escaleras abajo.

—¿A dónde vas?

—¿Qué haces? —le gritan los demás.

—¡Tengo que pensar, voy a airearme para pensar!

Los niños lo siguen. Uno a uno van saliendo del cuarto.

XLII

—Lo-lo habéis matado —les dice el niño corpulento a los demás, situados sobre la colina a los pies de mi casa. Yo salgo a gatas del cuarto de baño, moviéndome los más cuidadosamente que puedo, tratando de hacer el mínimo ruido posible, tengo que ver lo que hacen. Cruje el suelo de madera, voy hacia la ventana, cojo el espejo de mano del alféizar y, agachado, trato de enfocarlos. La luz de la tarde calienta el cristal y lo hace vibrar.

—¡Lo-lo-habéis matado! —repite el niño corpulento.

—¿Nosotros? —dice el niño del pelo rojo— ¿Y tú, qué?, estúpido, ¿No te reías tú? ¿No golpeabas tú también? Estúpida rata, ¿dijiste algo?, ¿te opusiste?

—Yo-yo...

—Yo-yo, serás estúpido. ¿Lo matamos nosotros? ¡Él se murió, él solo!, ¿me oís? —les dice girándose hacia los demás— Nosotros no hemos sido.

—Es verdad, es verdad —dice uno.

—Sí, es cierto.

—Seguro que estaba mal del corazón —dice el de gafas—. En clase de gimnasia nunca le tocaba correr, cuando había que correr la milla él siempre se quedaba sentado en las gradas.

—¡Es verdad!

—Sí, nosotros no hemos sido.

—¡Pues eso! —dice el niño del pelo rojo— Y que te quede bien claro, estúpido —se gira hacia el niño corpulento— que nosotros no hemos sido, él solo se murió.

—¡Ya-ya sé! ¡La-la clase!

—¿Qué dices? —le pregunta el de granos.

—¡La-la clase! La-la maniobra de reanima-mación que nos-nos enseñaron... ¡Se la ha-hacemos!

—¡Pero tú eres tonto!, ¿no ves que debe de llevar media hora muerto?

—Eso ya no tiene remedio —dice el niño de gafas—. Lo que tenemos que hacer ahora es cubrirnos las espaldas.

—Pe-pero, ¿no vamos a decir nada?

—Algo habrá que decir, cuando vean que no vuelve al pueblo...

—Claro, claro.

Todos comienzan a hablar entre sí, alterados, gritan, las conversaciones se cruzan, hay un gran bullicio que asciende hasta mí y me golpea.

—¡Callad! —dice el niño del pelo rojo—... El viejo, el viejo es la respuesta.

—¿El viejo?

—¿Qué viejo?

—¿Qué dices?

—El viejo loco... Diremos que ha sido él.

Los niños lo miran fijamente.

—Diremos que estábamos aquí jugando —continua diciendo el niño del pelo rojo— y que vino el viejo y se llevó al Gorrión.

—¿El viejo?

—Qué estúpidos sois, ¡el viejo, sí, el viejo loco, que vino y lo raptó!

Los niños callan y se miran unos a otros.

—El viejo —repite el niño del pelo rojo—... fue el viejo.

—Sí.

—¡Sí, claro!

—Sí.

Todos asienten aliviados.

—Muy bien, pero nadie se puede ir de la lengua —dice el niño del pelo rojo.

—No.

—No, claro.

—Yo por estas que no —dice uno besándose el puño.

—Yo por mi abuela que no.

—Yo por mi madre.

—Yo...

—Vale, vale. Entonces estamos de acuerdo. Tenemos que volver muy alterados, con cara de susto, no podemos volver como si tal cosa —dice el niño del pelo rojo.

—Sí.

—Tenemos que volver y hablar con la voz entrecortada, si alguno puede llorar, que llore.

—Éste es un llorón, seguro que llora —dice uno señalando al de la cabeza vendada.

—Jajaja.

—Y recordad que no hemos hecho nada malo. No ha sido culpa nuestra, se murió él solo. Esto no tiene remedio, no vamos a conseguir nada contando lo que pasó en realidad —dice el niño del pelo rojo.

—Sí, sí.

—Bien. Pues vamos.

Los niños bajan por la colina más animados, van hablando entre ellos de cómo hará cada uno cuando cuente la versión acordada. Uno se lleva los dos puños a los ojos y los rota ligeramente.

—Yo haré así: ay, ay, cómo lloro, ay, ay qué pena, se lo llevó el señor ese, el que anda con el carro, el viejo ese que vive en el bosque, se lo llevó, mamá —dice.

—Y yo no pude hacer nada, ¡no pudimos hacer nada!

—Esto está hecho.

—Como tiene un perro grande... no nos atrevimos.

—Sí, sí. Vamos —dice el niño del pelo rojo.

XLIII

La luz ardiente choca contra los objetos y los esculpe en el aire. El calor de la tarde golpea los cristales de mi casa y entra en las nervaduras de las hojas.

Me levanto del suelo con gran esfuerzo, abrumado por el sonido de mi cuerpo; los tablones de la casa chirrían, escucho la dilatación del hierro de los clavos, la expansión lenta de los viejos puntales y de las cañerías. El calor invade los muebles, y allá abajo, en el pueblo, oigo a los hombres tratando de descansar a la hora de la siesta, dando vueltas desesperados, girando sobre sí mismos, resoplando, sobre sofás, sobre camas revueltas, sobre colchas tiradas en el suelo, sobre sillones, quitándose la ropa por no poder quitarse la piel. Hay manos sujetando botellas de plástico llenas de agua para regar las plantas de los balcones; hay algunos haciendo el amor y es tal el calor, que se pegan los cuerpos y ya no se sabe quién es quién; pero sobre todo hay giros de aspas de metal en los ventiladores, masas de luz chocando como pájaros contra las campanas caídas de la iglesia, una pesada brisa conduciendo polvo y restos de tierra seca por las calles desiertas, lentas respiraciones de ancianos luchando por el aire bajo los techos de las casas, y una ambulancia a toda velocidad, golpeada por el sol.

La luz ardiente trata de convertir en pavesas el polvo y hace crujir la piel de las espigas pardas, desgajando pequeñas briznas de sus cuerpos secos al paso de la brisa que choca contra el bosque, las olas llegan a la costa y caen derrotadas en la arena.

Me aproximo a la cama deshecha donde la sábana arrugada se pliega en diminutas ondas. Tiro de la manta hacia mí con la máxima rapidez posible, para minimizar el ruido de su desplazamiento; salta polvo, diminutas volutas que se entregan al aire y tiemblan en él, vibrando como una aglomeración de insectos en torno a un farol encendido, vibrando y flotando, para caer poco a poco hacia el suelo.

En un segundo intento vuelvo a tirar de la manta, oigo el sonido de la tela estirándose. La maleta cargada de bolsas de suero es arrastrada y se debate en el borde de la cama entre golpear o no golpear el entablado. Sin pensarlo alzo rápidamente la pierna derecha para empujarla con el pie y devolverla al centro del colchón, y el sonido del movimiento me golpea.

Asegurada la presencia de la maleta encima de la cama, me coloco la manta sobre la cabeza, el sonido de mi pelo aplastándose bajo ella, la manta cae desplegándose por toda mi espalda, su deslizamiento por mi piel. Avanzó hacia la ventana, con los ojos entornados ante la vasta luz.

Siento como una marea de dedos palpándome la piel, tocando, escudriñando, como si el calor quisiera averiguar qué es aquello que se interpone a su paso y cuál es la mejor forma de derribarlo.

Envuelto en sudor, en sed, en hambre, oigo el sol agostando los tréboles, doblando la vida, buscando las raíces de los árboles y secando la tierra poco a poco. Todo busca el aire que se agota; se evapora el agua de las flores palpitantes por la luz, las lagartijas se suben a las piedras, deslizándose, las lagartijas como gotas de lluvia secándose sobre las piedras. Aumenta el quejido del metal de los barcos atracados en el puerto y las grúas proyectan una larga sombra de horca. La luz entra en las casas desgastando suelos, paredes, amarilleando periódicos abandonados en cualquier parte, poco a poco; y sobre los capós y los tejados de zinc, y entre el metal de las alcantarillas y por encima del cemento de las calzadas grises, reverbera la vida calcinada.

Quiero desmayarme, quiero desplomarme sobre el suelo... pero otra vez ese sonido entrando en mi oído, algo como un silbido de la muerte, algo que me llama desde muy lejos, algo que viene de realizar una largo viaje, atravesando bosques, atravesando sombras, troncos, cuerpos, ciudades, vidas, hombres, siglos, otra vez la llamada de la caverna, otra vez el instinto pujando en las venas, la herencia de tantas luchas, el legado de los que sobrevivieron, el grito en las antorchas, la danza ante el fuego, los antepasados sosteniéndome por las rodillas, sujetando la máscara de mi vida contra mi rostro y poniéndome en pie. Me aparto violentamente de la ventana y lanzo la manta sin detenerme a pensar en qué enorme ola de sonido va a asolarme. Cae la manta como un golpe de ola en el suelo, el sudor sigue corriendo, como un animal acudo a esconderme debajo de la cama.

Me duele la cabeza, necesito agua, estoy deshidratándome. Salgo de debajo de la cama con el máximo cuidado, para no tocar con la espalda las barras del somier. Me arrastro gateando, como cuando era un niño, voy hacia el baño, dejo atrás el eco de las tablas del suelo que chirrían bajo el movimiento de mi cuerpo. Cojo el vaso. Abro el grifo. Sólo puedo llenarlo hasta la mitad, el agua, el agua, cayendo en tromba como si quisiera atravesar el cristal y romperme la mano. Sólo puedo llenar el vaso hasta la mitad. Lo bebo de golpe, el agua corre por las comisuras de mi boca, cae contra el cuello de mi camisa.

Palpo el avance incipiente de dos costillas bajo la piel del torso, hinchándola, como si quisieran salirse de mi cuerpo, huir de allí. El sonido del tacto de los dedos tocando el pecho, los latidos del corazón expandiéndose contra los dedos. Pienso en descender a la planta de abajo, donde las ventanas tienen cortinas y el aire estará más fresco. La imagen de mis rodillas golpeando los escalones, de las palmas de mis manos humedecidas aplastándose contra las vetas, la promesa del crujido de la madera en mi oído, del polvo revolviéndose en torno a los dedos, llevándome a un sonido de uñas entrando en la arena de una playa... no, no voy a poder.

Levanto el cuello y oriento la vista hacia la derecha, oigo las cervicales contrayéndose. Me dirijo gateando hacia la ducha y entro. Atacado por el sonido de mi respiración, permanezco en su interior, encogido sobre la superficie esmaltada, tirado como un fardo lleno de ropa revuelta y desechada, con la sensación de no tener huesos ya, de ser sólo una bolsa de plástico llena de aire y cerrada que unos niños golpean con palos hasta reventarla, en cualquier cuneta, junto a un contenedor, con palos y ramas hasta estallarla, hasta que suelta todo el aire de su interior. La mampara de plástico de la ducha crea una atmósfera irrespirable. Tengo que salir.

Me duelen las rodillas al arrastrarlas, cubro con la manta el lateral de la cama que queda orientado a la ventana, limitando así el paso de la luz a través del hueco que se abre entre el somier y el suelo, todo lo hago con cuidado y sin levantarme. No me atrevo a levantarme. Tanteo con los dedos a través de la sábana, llego a alcanzar la maleta, cojo una bolsa de suero y me introduzco bajo la cama. Frágilmente pertrechado, en una madriguera improvisada, prosigo la lucha por la vida, con el pecho desnudo sobre las tablas del suelo, que permanecen calientes también en esta zona, y la camisa abierta y pegada por acción del sudor a las axilas y los costados... los costados, el sonido de la expansión de los costados al respirar. Introduzco un dedo en la bolsa de suero. Hay sonidos de abanicos entrando en mi cuarto, avalanzándose como alas a izquierda y derecha. ¿Cómo voy a soportarlo? Los despertadores preparados en las casas para sonar a las tres y treinta o a las cuatro de la tarde, contagiándose, unos a otros, saltando el sonido metálico de unos a otros, y los niños, los niños llegando al pueblo, golpeando en las puertas, tocando brazos, hombros, <<se lo ha llevado>> , <<mamá, el viejo se lo ha llevado>>.

De repente, todo se va apagando y se vuelve más lejano. Me baja la tensión y comienzo a ver escenas carentes de sentido, entremezcladas con imágenes de mi pasado. La habitación se llena de pasos; un hombre me coge por los tobillos y me saca a rastras de debajo de la cama. Me giro; veo su rostro como a través de los ocelos de un insecto, dividiéndose en trozos; todo el aire se vuelve poliédrico, la habitación se deshace en fragmentos, todo tiene su color propio y separado, el marrón de los muebles se vuelve rojo, el azul del cielo en la ventana, verde. Le muestro al hombre la bolsa de suero, porque no puedo hablar y para que me entienda. Pienso en la miríada de seres microscópicos que el calor está extinguiendo y también en aquellos otros que aumentan en número bajo su auspicio, miles de seres flotando en al aire, muertos o reproduciéndose sobre los ya muertos. Siento asco del aire.

El hombre se acerca al baúl donde está el niño muerto. Lo abre. Levanta una pierna y trata de meterse dentro. No puede. Se gira hacia mí, me mira. Tiene mi rostro.

Al recuperar la conciencia, noto que el aire se ha enfriado. Es de noche. Me sorprende, en cierta medida, y debido a que aún me encuentro algo aturdido, el hecho de seguir vivo. Siento alivio por ello, pese a lo precario de mi estado.

Salgo de debajo de la cama, me pongo de rodillas, oigo el sonido de mi cadera adelantándose e impulsando el tronco y el roce de los bajos de la camisa abierta deslizándose contra los muslos en el movimiento. Tengo que apoyarme en algo para poder levantarme, lo más próximo es la cama. Coloco la mano sobre el borde del colchón y desvío hacia él gran parte de mi peso a través de mi mano, mientras hago fuerza con las rodillas que crujen, y los pies. Oigo el sonido de todos los relojes del pueblo girando en la noche, el vuelo frenético de las polillas bajo la luz de las farolas, el sonido áspero de las algas secándose en la playa, las huellas que el viento va borrando de la arena, el bamboleo de las barcas, el incansable canto de los grillos, una ventana que se abre en una casa, un hombre que va hablando solo por la calle, bebido y fumando.

Abajo, las moscas zumban sobre los restos del pájaro.

XLIV

El perro del viejo vaga, lastimero, por delante de mi casa. Las orejas caídas, el rabo inclinado hacia el suelo, rozando la hierba. Olisquea la tierra de la colina, anda un metro hacia un lado, otro metro hacia otro, levanta la cabeza, emite una queja, vuelve a hundirla en la hierba, lleva así horas; olisquea, va hacia abajo, un metro hacia abajo, un metro hacia arriba, cada vez anda más despacio, se acerca al carro del viejo, apoya la cabeza sobre uno de sus lados.

—Guau —ladra.

Mira hacia el horizonte, hacia el campo de trigo sacudido por el viento y hacia el pueblo sacudido por las olas.

Vuelve a apoyar la cabeza en el carro y emite otro quejido. Se tumba junto al carro, enroscándose sobre sí mismo.

El zumbido de las alas de las moscas cada vez es más fuerte abajo, se levanta desde los restos del pájaro y se expande por toda la casa. Eclosionan huevos en la carne muerta. Cada vez hay más moscas, y el olor sube con el ruido a golpearme.

No sé cuánto tiempo más podré resistir así, tumbado en el suelo.

El perro alza la cabeza, oigo sus orificios nasales contrayéndose y expandiéndose en el aire húmedo. Oigo que se levanta. Oigo que alguien viene corriendo a través del campo de trigo. Pasos ligeros, rápidos.

—Guau —el perro ladra.

Una mano cerrándose en torno a un piedra, un cuerpo inclinado que se endereza. Pasos ligeros, rápidos, otra vez, ya sobre la hierba.

Una mano guardando una piedra en un bolsillo. Los pasos que se frenan, el peso de unos tenis sobre la hierba, cargando un cuerpo, una sangre, un latido, una vida sobre la hierba.

—Guau —el perro ladra. Las moscas giran y giran en su rito sobre el pájaro muerto.

Me toco el pecho, me detengo, la vibración de mi corazón contra los dedos de la mano, el peso de las yemas sobre la tela de la camisa, la tensión de la piel en el codo, los tendones contrayéndose bajo la piel. Aparto la mano lentamente porque no soporto la vibración del corazón contra los dedos, al hacerlo siento la extensión de los músculos, el cambio de peso de mi cuerpo sobre las tablas del suelo, el crujido de las tablas contra el sonido de las alas de las moscas en la cocina.

Una mano allá abajo, cerniéndose sobre una piedra. Los pasos que se reanudan en la colina.

—¡Estúpido chucho! —grita el niño del pelo rojo.

El perro ladra.

Los ladridos del perro, los gritos del niño, las moscas, la sangre en el pecho, agolpándose y marchándose de nuevo.

—Guau.

El ladrido del perro,

—Toma, estúpido.

El grito del niño, el viento que sacude el trigo, las olas golpeando el pueblo, una piedra entrando en el aire.

El perro emite un quejido lastimero, se duele.

—¡Toma, toma, estúpido!

Otra piedra atravesando el aire, el sonido de la huida de las patas del perro, las pezuñas sin rumbo por la hierba.

—¡Toma, Toma!

Otro quejido, la piel que se rasga, la sangre caliente entrando en el aire, el andar cojo del perro, los paso del niño sobre la hierba, acelerados, su corazón, su risa...

—¡Toma!, ¡Toma!

El perro escapando, el impacto de la piedra en su espalda, la columna golpeada, el quejido, el giro de la cabeza del perro hacia el niño, los dientes amenazantes asomando en su hocico, el vapor que sale contra el aire...

—¡Toma!

El golpe de la piedra en la cabeza, la huida tambaleante del perro, su carrera desvalida entre la maleza del bosque, el sonido de sus pezuñas alejándose...

XLV

El niño del pelo rojo fuma sentado, con la espalda apoyada contra mi casa. Echa el humo al aire y se rasca un brazo. Hay varias colillas apagadas junto a él, en el suelo. Tose y da otra calada.

El niño de gafas sube corriendo por la colina.

—¡Por fin te encuentro! —grita.

El niño del pelo rojo hunde el cigarro en la hierba, la combustión ahogándose contra la tierra.

—¡Llevo toda la mañana buscándote! —dice el de gafas.

La palma de la mano del niño del pelo rojo se asienta en el suelo y lo presiona. El brazo se extiende bajo la tensión del tríceps. El niño del pelo rojo se levanta.

—¿Qué pasa?... Ya se han llevado detenido al viejo —dice.

—¡Ya sé, ya sé, pero no es eso!

El de gafas está muy alterado. El sudor corre por su rostro. Su respiración poco a poco se aquieta tras la carrera; el aire entrando y saliendo de sus pulmones, el pulso de la sangre golpeando en su cuello. Traga saliva.

—¡Es el Tartaja, quiere cantar! —dice.

—¿Qué?

—Dice que no puede más, que no está bien lo que hicimos...

—Nosotros no hicimos nada —interrumpe el niño del pelo rojo.

—Ya, ya... dice que... ¿qué vamos a hacer, macho?

—Esa estúpida rata... —el niño del pelo rojo aprieta los puños. Sus mandíbulas contrayéndose. Da una patada a la hierba—. ¡Diablos! —grita.

—¿Y ahora qué hacemos? —el de gafas le pone la mano en el hombro al niño del pelo rojo— ¡Va a cantar!

—¿Y los demás qué dicen?

—Los demás no saben nada, me lo encontré ahora al salir de casa, bajamos juntos a la playa, me dijo que no podía con la culpa, que tuvo pesadillas toda la noche, que vio al Gorrión en sueños y que el Gorrión lo metía a él en un saco y le daba patadas y luego lo tiraba dentro del saco al mar, y él se hundía en el mar porque el fondo del saco estaba lleno de piedras y...

—Pero los demás no saben nada, ¿no?

—No, y me dijo que cuando se despertó iba a con-társelo todo a su tío, el policía, pero que ya se había ido al trabajo, entonces se echó atrás, pero en el desayuno su madre le contó que su tío y el otro policía habían detenido al viejo, entonces a él le volvió la culpa, me dijo que la sintió crecer en el pecho y que lo agarraba por el cuello, ¡dejó el desayuno y todo!

—¿Y ahora dónde está? ¡Dónde está! —grita el niño del pelo rojo.

—¡No sé!, ¡no sé! Cuando estábamos llegando a la playa, me dijo que nos fuéramos, que le daba miedo ver el mar, que el sonido del mar le revolvía el pecho, que se acordaba de la pesadilla, y luego se quedó muy callado y cuando me alejaba me dijo: no me dejes solo... no me dejes solo, me dijo.

—¿Y tú te fuiste?, estúpido.

—¡Tenía que hacerlo! Tenía que buscarte y contártelo... no sabía que hacer, yo, yo...

El niño del pelo rojo resopla y se lleva la mano al pelo.

—¿Y qué quieres que haga yo? —dice.

—No sé, no sé, pero... ¡hasta la noche tenemos tiempo! Me dijo que se lo contaría a su tío cuando volviera por la noche... ¡Tú puedes convencerlo! ¡Tienes que convencerlo!

—¡A saber si no se lo ha cantado ya todo! ¿Por qué lo dejaste solo? Eres un retrasado.

—No, no ha dicho ni pío. Me dijo que había llamado a su tío por teléfono a la oficina de policía, antes de salir de casa, y que antes de que pudiera contarle nada, su tío le dijo que en ese momento no podía hablar con él, que estaban muy ocupados... él le dijo: tío tengo que... y ahí ya lo cortó su tío y le dijo: ahora no puedo, estamos muy ocupados. Después su madre lo vio al teléfono y le preguntó qué hacía, estoy llamando al tío... y su madre le dijo que no lo molestara, que tenían mucho trabajo, que estaban esperando una orden.

—¿Una orden?

—Sí, no sé... oye déjame un pitillo de esos.

El niño del pelo rojo abre la cajetilla.

—Toma —dice

La llama contra la punta del cigarro. El niño de gafas tose y el humo cae de su boca. Se apoya con una mano en la pared de mi casa y da otra calada. Vuelve a toser.

—¿Qué hacemos? —pregunta—... Oh, Dios, creo que voy a vomitar.

El niño de gafas se lleva las manos al estómago y se inclina hacia el suelo, se agita, sacudido por los espasmos. Oigo unas lágrimas que caen de sus ojos por las arcadas contra los cristales de sus gafas. Se endereza.

—Casi vomito —dice—. Oh, la camiseta, me quemé la camiseta con el pitillo —mira hacia el cigarrillo todavía entre sus dedos. Se inclina hacia el carro que sigue a los pies de mi casa y apaga el pitillo contra uno de sus laterales.

—El carro... —murmura el niño del pelo rojo.

—¿Qué?

—¿Y no lo sabe nadie más?

—No, no creo. Seguro que está en su casa, esperando a su tío, por si vuelve antes de tiempo.

—¿Y no le habrá contado nada a su madre?

—Su madre se fue al trabajo y él no le había dicho nada antes, así que no creo.

—Pero volverá para la hora de comer.

—Sí, supongo.

—Seguro que esa rata traidora se lo contará a su madre cuando vuelva, no va a poder aguantarse. Pero... ¡Qué estúpido es! Teníamos que haberlo metido a él en el baúl... Hay que sacar al Gorrión del baúl —dice el niño del pelo rojo.

—¿Qué?

—Claro, ¿no ves que si el Tartaja canta y luego vienen aquí y encuentran el cuerpo en el baúl estamos...?

—Pero...

—Y con los moratones que debe de tener por los golpes que le dimos... Hay que sacarlo y enterrarlo en el bosque. Si el Tartaja se va de la lengua y les dice que está muerto en el baúl y luego vienen aquí y no encuentran nada... Sí, eso es lo que tenemos que hacer, ¿no lo ves? Si no hay cuerpo no...

—¡Claro, como en aquella película que vimos el otro día!

El niño del pelo rojo asiente, sonriendo.

—¿Pero no vas a intentar convencer al Tartaja? —pregunta el de gafas.

—Sí, claro... —el niño del pelo rojo mira hacia el carro y luego al de gafas, el sonido de su cuello al mover la cabeza— ¿Qué hora es?

El niño de gafas aproxima el brazo hacia sus ojos, su hombro contrayéndose, el deslizamiento de la camiseta sobre su piel.

—Las doce —dice.

—Todavía tenemos tiempo... Nos hace falta una pala, yo voy a buscarla; en el garaje mi padre tiene de todo. Mientras tanto, tú vete a buscar al Tartaja, le dices que vamos a llevar el cuerpo del Gorrión al pueblo en el carro, para que sus padres puedan enterrarlo, así seguro que viene, con lo burro que es... Si llegáis antes de que vuelva yo, esperad por mí.

—¿Y si quiere ir sacando el cuerpo ya?

—No, no, qué va a querer, si es un cagado. Tú te niegas y él solo no se va a atrever. Además, yo me llevo el carro y así tú le dices que hay que esperar, hasta que venga yo con el carro. ¿Entiendes?

—Sí, sí.

—Muy bien, pues venga, vete yendo

—¿Tú no vienes?

—No, que quiero mear, y además voy a fumar un cigarro antes.

—No sé cómo no te da tos.

—Es cosa de hombres, amigo —le dice, poniéndole la mano en el hombro al de gafas. El de gafas se las quita, las enfoca contra el cielo, el vapor de su boca contra los cristales, la fricción de la camiseta, limpiándolos.

—Venga, ¡corre!

—Sí, sí.

El niño del pelo rojo se queda observando cómo se aleja corriendo el de gafas a través del campo de trigo, en dirección al pueblo; cuando ya está a una buena distancia, se dirige hacia el carro.

—Estúpido —dice.

XLVI

El niño del pelo rojo levanta la cabeza. Debe de estar mirando hacia la ventana de mi casa. Se agacha y empieza a descargar el carro, oigo el sonido de unas tablas de madera golpeando la hierba y un tintineo metálico escapando a través de sus dedos. El tintineo metálico cesa y luego se reproduce dentro del bolsillo de su pantalón al caminar. Trae algo en la mano y tablas aprisionadas contra el costado derecho de su cuerpo, empuja la puerta con una patada y deja caer las tablas sobre el suelo de mi casa.

Yo me escondo en el cuarto de baño y, entonces, el golpe de sus pasos en las escalones, subiendo y bajando por las escaleras, arrastrando las tablas, subiendo y bajando, el golpe de sus pasos llenando la casa, dominándola. No me ha visto por poco. Tengo que ser más cuidadoso. Dijo que iba a mear... Espero que no vaya a entrar en el baño... El sonido de sus pasos, como golpes, las tablas chirriando arrastradas sobre el suelo de madera del cuarto.

Está frente a la ventana. Levanta una tabla, la madera contra la ventana, ese tintineo metálico otra vez. No lo soporto, no lo soporto, ¡los golpes!, ¡los golpes!, los martillazos retumbando contra las paredes, no lo soporto, no lo soporto. ¡Está tapiando la ventana! Otra tabla, el clavo penetrando en la madera, otro golpe, otra tabla, el clavo astillando la madera, otro golpe, ¡otro golpe,! ¡otro golpe! Se seca el sudor con el antebrazo y sigue, voy a salir, no puedo soportarlo más, voy a salir.

XLVII

El niño del pelo rojo se detiene, deja de clavar; yo aparto la mano del pomo de la puerta del baño. Da unos pasos hacia atrás, cruje el suelo bajo sus talones al retroceder.

El niño del pelo rojo se inclina hacia el baúl, su mano sobre la chapa metálica del cierre, levantándola, el sonido de los goznes desplegándose. Respira más fuerte, su pulso se acelera. Debe de estar contemplando el cadáver del niño muerto.

Da una patada al baúl y la tapa cae de golpe.

Se acerca a la ventana. Sus dedos cerniéndose en torno a una de las tablas clavadas en ella. Tira de esa tabla, y luego de otra y de otra... Hay una ligera tensión en los clavos hundidos contra la pared a través de las tablas cada vez que el niño tira de ellas. Debe de estar comprobando si la ventana está bien tapiada.

—¡Sí! —dice.

Da una palmada contra las tablas como si quisiera celebrarlo y el sonido seco del impacto sube y se propaga por la pared de madera, extendiéndose y cayendo sobre mí.

Un paso, dos pasos. Va hacia la cama. Se inclina. El sonido de su cadera movilizándose hacia atrás, haciendo descender el tronco. Su mano apretando una de las bolsas de suero de la maleta. El sonido del plástico al romperse. El hundimiento de un dedo en el polvo. El dedo entre los labios, entrando en la boca.

—Puaj, qué asco —escupe sin saliva, como si soplase.

La bolsa cayendo dentro de la maleta.

Un paso, dos pasos, se dirige hacia las escaleras. El sonido de sus pasos en los escalones, la presión de sus pies ejercida sobre ellos ascendiendo devuelta desde el suelo y subiendo por los tendones y músculos hacia sus rodillas.

Está en el piso de abajo. Lo recorre.

—Bien, bien —dice.

Lo oigo respirar junto a la mesa. Un paso, dos pasos, tres pasos, camina hacia una de las ventanas de abajo.

—Bien —repite.

Va hacia la otra. La abre. Su mano cerrándose sobre una de las barras de hierro de la reja. Tira de ella. Sus dorsales en tensión, luchando contra el anclaje metálico de la reja que cubre la ventana.

—Vale —dice, y cierra la ventana.

Pasa junto a la encimera. Suena el tintineo de las llaves en su mano.

Un paso, dos pasos, tres pasos. Abre la puerta, sale de la casa.

Su brazo levantando el mango metálico del carro. Hierbas doblándose; el sonido de las ruedas del carro girando tras los pasos del niño del pelo rojo colina abajo.

XLXIII

Todavía puedo ver un poco a través de una de las rendijas de la ventana tapiada. El niño de gafas y el corpulento suben por la colina.

—Él piensa igual que tú —dice el niño de gafas.

—Pa-parece que ya me siento me-mejor.

—¡Hola, amigo! —le dice el niño del pelo rojo al corpulento poniéndole la mano en el hombro— Yo también me sentía culpable.

—¿Ves como él piensa igual que tú? —dice el de gafas.

—Sí-sí —asiente el niño corpulento.

—Bueno, vamos, id subiendo que yo tengo que descargar el carro —dice el niño del pelo rojo.

—¿No-no nos ayudas?

—Sí, sí, id entrando que yo voy ahora, ya dejé la puerta abierta, que tengo las llaves.

El niño corpulento y el de gafas entran en mi casa. Tengo que esconderme en el cuarto de baño.

—¿A ti no-no te asusta?

—¿El qué? —pregunta el de gafas.

—Ver al-al Gorrión.

—Sí, claro, pero hay que hacerlo... ¡Oye!, ¿no vienes? ¡Eso que querías decirle a él, ya sabes! —le dice el de gafas al niño del pelo rojo.

—¿A-a mí?

—¡Sí, sí, id subiendo!, ¡que yo voy descargando el carro!, ¡vamos, vamos! —contesta el niño del pelo rojo.

Los dos niños suben por las escaleras. Entran en mi cuarto.

Escucho al niño del pelo rojo fuera de la casa sacando algo del carro, es un sonido de líquido moviéndose dentro de un recipiente plástico, tal vez una garrafa.

Oigo los pasos del niño del pelo rojo entrando en la casa.

—¡Id abriendo el baúl, que yo me meo! —les grita desde abajo.

—Aquí debe de haber un baño —dice el de gafas. Está delante. Su respiración choca contra la puerta del baño. Va a entrar, su mano acerándose el pomo.

—¡No, deja, que ya meo fuera! —grita el niño del pelo rojo.

—¡Ah, vale! Bueno, vamos a abrir el baúl —el de gafas se aparte de la puerta. El sonido de sus pasos a través del suelo, alejándose, el crujido de las tablas devuelto contra sus playeras.

Hay algo que se vierte abajo. Como agua cayendo por las esquinas, lanzada contra el inicio de la escalera, salpicada sobre las cortinas, sobre la mesa, bajo las ventanas, penetrando en la madera de los primeros escalones, buscando las vetas del suelo y las paredes. El niño del pelo rojo camina por la planta baja, virtiendo un líquido por todas partes.

—¿Qué es ese olor?

—No-no sé.

Hay un olor subiendo, pesado, como una marea invisible fundiéndose con las partículas, creciendo, dominando el aire. Es una olor a... El sonido de una cerilla prendiendo. ¡Es gasolina!

—¡Huele a gasolina!

¡El estallido! ¡El estallido del fuego en la casa!

La puerta de fuera cerrada de un portazo. La llave entrando en la cerradura, girando en el mecanismo. La mano del niño del pelo rojo soltando el pomo, sus pies corriendo sobre la hierba colina abajo. ¡El fuego! ¡El fuego subiendo por las escaleras! ¿Qué hago? ¿Qué hago? Tengo que salir, tengo que salir.

XLIX

Salgo del baño.

—¡Señor, señor, la casa está ardiendo!

—¿Pe-pero quién es?

—¡Qué más da, qué más da, estúpido! ¡No ves que la casa está ardiendo!

El sonido, el sonido de las llamas.

—¡Pero hable! ¿Cómo se sale? ¡Señor!...

—Por las escalera no-no, fue-fuego.

—¡Rápido, la ventana!, ¡hay que arrancar las tablas!

—No-no puedo.

—¡Tenemos que poder! ¡Tira! ¡Tira!

—No-no se mueven.

—¡Ayuda!, ¡ayuda! ¡Vamos a morir! ¡Vamos a morir!

El fuego, el fuego...

L

El sonido, el sonido se abre... La luz cae desdibujando los seres en el aire, transformando los cuerpos en sonidos, liberándolos de partículas, de imágenes, de ecos, como olas lavando el mundo. La vida entra en mi oído y se pliega, siento en mis manos desaparecidas los bosques, donde estaban mis brazos ahora corren los ríos de la Tierra, la selvas se me trenzan en el pecho ausente junto a los mares, mis venas se hacen tallos y brisa, escucho con los árboles, toco con las garras del tigre la espesura que se va borrando, el tacto se hace sonido, recorro el camino del aire en las alas de los pájaros, me hundo en las profundidades del océano, soy agua, vuelvo levantado por el salto de un escualo hacia el aire, entro en la inmovilidad de una piedra, se abren los troncos y subo por la savia, caigo entregado en rocío sobre la hierba, no soy, no soy, me sumo al sonido y asciendo libre sobre las hojas; pueblo las palabras, soy sonido, pueblo el canto de los pájaros, asciendo a través de las palabras, asciendo a través de todas las voces, cruzo una puerta, dos puertas, siete puertas. El calor se hace música. Atravieso las esferas, atravieso un canto largo y profundo, la luz se desdobla y se trenza alzándose en sonidos que caen como olas derramándose y rompiéndose en el silencio, en la espuma estalla el tiempo, los segundos saltan como gotas, salpicados, y se evaporan, los mundos se destruyen y vuelven a construirse, como flores abriéndose y cerrándose hasta volver a ser semilla en el silencio tañido por la luz. Pierdo las palabras, pierdo las palabras... Reposo en el sonido primordial.

SOBRE EL AUTOR

David Rey Fernández (Ferrol, A Coruña, España, 1985) es escritor, licenciado en Derecho por la Universidad de Santiago de Compostela y abogado. Ha trabajado como analista de jurisprudencia y desde el año 2010 dirige su propio despacho de abogados. Ha publicado hasta la fecha la novela *La noche grita* y los libros de poesía *Las alas de una alondra madrugando* y *Los contornos ardientes de la tierra*, por los que ha recibido diversos premios y reconocimientos nacionales e internacionales, entre otros, el «San Juan de la Cruz», el «Antonio Carvajal» y el «Hernán Esquío».

Twitter e Instagram: @DavidReypoeta

Blog: De la poesía y otros gritos

Página del autor en Amazon: David Rey Fernández

Libros del autor en Amazon

La noche grita (novela)

Las alas de una alondra madrugando (poesía)

Los contornos ardientes de la tierra (poesía)

Printed in Great Britain
by Amazon

10288478R00140